너는
어떻게
나에게
왔니

너는 어떻게 나에게 왔니

김민수

500days
in Ireland

나를 믿고 섬나라를 선택한 재민, 희원, 언규, 재원에게 무한한 박수를.

필름카메라로 찍은 사진들 십여 장을 선뜻 제공해준 타냐에게 감사를.

육십여 명의 봉사자들 그리고 열여덟 명의 아이들.

함께한 우리.

돌아올 수 없는 시절의 아름다운 우리에게

존경과 사랑을 담아.

바람이 불어오는 곳

삼십 년 전 아일랜드의 어느 시골 마을, 헛간이 하나 딸려 있는 작은 농가가 있었습니다. 이 농가에 장애인과 함께 사는 세상을 만들어보겠다는 생각을 가진 세 사람이 모였지요. 주위의 시선, 궁핍한 생활, 버거운 계획은 늘 그들의 숨을 턱끝까지 차오르게 만들었지만 그들은 꿋꿋하게 밭을 일구었습니다. 소를 키웠고 집을 고쳤습니다. 더 많은 사람들이 모여들었으면 하고 바랐습니다.

작은 농가에 집은 두 채가 되었고, 여기저기에서 돕겠다는 사람들이 조금씩 모여들었습니다. 돈이 생겼고 땅이 넓어졌습니다. 그들은 사과나무를 심었고 빵집을 지었습니다. 강당을 만들었고 장애인 친구들의 물리치료를 위한 시설도 만들었습니다. 집은 두 채에서 세 채, 결국엔 다섯 채가 되었고 공동체 마을은 그렇게 시작되었습니다. 시간이 흐르자 점점 더 많은 사람들이 몰려들었습니다. 제가 이곳에서 만났던 사람들은 마을을 이루어낸 노장의 봉사자들, 그리고 이곳을 지켜내기 위해 세계 각지에서 몰려든 젊은 봉사자들이었습니다.

마을이 점점 커지자 다섯 채의 집에는 각각 대장이 필요해졌습니다. 이곳에서 자신의 젊음을 다 바쳐 살아온 봉사자들은 집을 지키는 '집 부모House Parents'가 되었습니다. '집 아빠', '집 엄마'라고도 불리는 그들은 길게는 삼십 년, 짧게는 이십 년 동안 이곳을 지켜본 사람들입니다. 일 년마다 젊은 봉사자들이 머물고 떠나갈 이 마을에 대해, 우리가 함께 살아가야 할 장애인 친구들에 대해 그 누구보다 잘 아는 그들에게 부모라는 말은 정말이지 잘 어울렸습니다.

우리 봉사자들이 굳게 믿었던 것, 젊음을 맞바꿔 찾고 싶었던 것이 이곳에는 있습니다. 매일 함께 맞는 아침에 있었고 함께 일하고 먹고 자는 삶에 있었고 눈을 감는 저녁에 있었습니다. 밭에 내리쬐던 태양빛에 있었고, 자주 드리우던 먹구름에도 있었습니다. 깍지 낀 손에 있었고 바라보는 눈빛에 있었으며 따뜻한 포옹에 있었습니다. 365일이 모여 삼십 년이 되어버린 장소. 그곳은 늘 저를 향해 미소를 짓고 있습니다. 늘 바람을 보내옵니다.

정성을 다해 차린 한 상, 집 안에 가득한 섬유유연제 냄새, 조용한 거실에 울려퍼지는 진공청소기 소리⋯⋯. 행복은 언제나 단순하고 소박한 마음에서 온다는 것을 어렴풋하게나마 알게 되기까지 매일같이 머리칼은 휘날렸습니다.

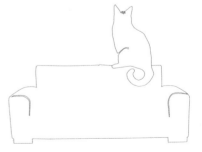

2.
기억의 여름
그리움의 가을

3.
겨울을 지나
다시 그곳으로

1

작은 마을에서
만난 봄날

깊은 밤을 날아서

아침의 커피 냄새, 마을에 가득차는 빵 굽는 냄새, 난방 효과는 없지만 보는 것만으로도 마음이 편안해지던 거실의 벽난로, 이름 모를 풀꽃들이 가득하던 벽돌 틈새, 누군가 연주하던 드뷔시의 피아노곡 〈달빛〉, 초록의 산책로, 쏟아지던 은하수, 초콜릿 파우더를 세 스푼 넣고 끓인 핫초콜릿 그리고 쌀음료수. 함께 가리키던 푸른 바다, 올랐던 언덕, 엉덩이 부분이 움푹 파인 휠체어, 빨간 대문 집. 너의 수건, 알록달록 빨대, 앞코가 둥근 실내화, 그리고 모서리가 찢어질 때까지 읽은 두꺼운 잡지책까지.

그렇게 여섯 계절을 보내고 내 기억 속에 남은 것들을 생각해본다.

키 작은 동양인 소년이 꼬박 이틀에 걸쳐 도착한 유럽의 작은 마을. 여기저기 들려오는 음악 소리에 마음이 진해지던 곳. 다섯 채의 집과 끝없이 펼쳐진 들판. 검은 밤하늘에 흐르던 은하수와 별빛이 가득 채운 나의 마음. 깊은 밤을 날아 적어 내려가던 작은 일기들을 보며 다짐하던 일. 다시 돌아가야지.

마음만 먹으면 언제나 돌아갈 장소가 있다는 것은 즐거운 일이다.

가장 낮은 곳에서 세상을 바라보던 그때. 소외도 외로움도 고독도 없었던 나의 500일. 동화 같은 세상에서 겪은 진짜 동화 같은 나의 이야기.

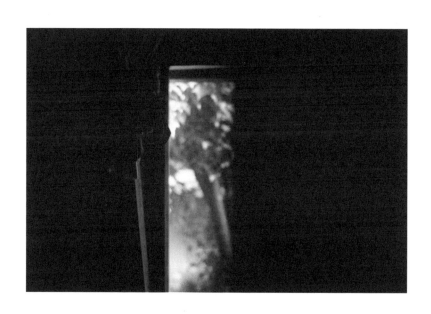

스물셋

무엇을 하며 살아가야 할까. 하루에도 수백 번씩 스물두 살의 내게 질문했었다. 군대만 전역하면 모든 것이 괜찮아질 테니 걱정 말자고 생각했지만 그러기에 나는 하고 싶은 것과 되고 싶은 것이 너무 많았다. 성공한 회사원, 포토그래퍼, 글을 쓰는 사람, 가수, 이쁘게 꾸민 카페의 사장님까지.

아직 젊잖아, 하고 말하던 친구들과 나이 많은 형들이 너무 싫었던 그때. 친구들과 술 마시고 당구 치러 다니는 걸 하루의 과업으로 착각하던 그때. 학교 수업에서는 졸기만 했고 연애가 세상에서 가장 행복한 일이었던 나의 스물두 살.

그러다 외국에 나가보고 싶다는 생각이 강하게 들었다. 연간 인천공항을 이용하는 사람이 오천만 명이라는데, 주변 사람들은 즐겁게 유럽여행을 다녀왔어요! 하면서 SNS에 마구 자랑해대는데, 뭔가 억울하다는 생각이 들어서 어느 날은 당구장에 갔다가 꽉 찬 담배연기에 구역질이 난 적도 있다. 어학연수를 가자니 돈이 너무 많이 들고 다른 방법으로 외국에 나가서 살 수 있는 방법을 찾아보던 중 사촌형이 도움을 줬다. 자신이 대학생 때 접한 방법인데, 장애인들과 함께 생활하면서 외국을 경험해볼 수 있는 '봉사활동'을 소개해주겠다는 것이었다. 가장 솔깃했던 점은 돈이 들지 않는다는 것이었다. 일주일에 한 번 용돈도 주고 밥도 주고 재워도 주고 심지어 유럽여행을 다닐 수 있는 휴가도 있다고 했다. 솔직히 말하면 그때 당시 나를 혹하게 했던 것은 장애인, 봉사활동 같은 단어가 아니라 유럽, 외국, 비행기, 여행, 자유 같은 것이었다. 사촌형의 이야기를 듣자마자 나는 떠나기로 마음을 먹고 준비를 시작했다. 모든 것이 처음 해보는 것들이었지만 나는 처음으로 무언가에 온전히 집중하고 있었다.

이 주 만에 준비가 끝났다. 티브이에서만 보던 바퀴 달린 사각형 여행가방도 샀고 난생처음 환전도 해보았다. 떠나는 날 이른 오전, 공항에 도착해 최대한 촌놈처럼 보이지 않기로 다짐하고 다짐했다. 나는 아주 능수능란하게 공항에 들어서 입국장 근처 라운지에 앉아 체크인 시간을 기다리고 있었다. 그러다 그곳이 출국을 준비하는 장소가 아니라는 것을 깨달았고, 그 순간 나는 잠깐 다리가 아파서 쉬었던 사람인 양 아무도 보지 않을 제스처를 취하며 바퀴 달린 사각형 여행가방을 끌고 유유히 출국층으로 이동했다. 그때는 단지 새로운 곳으로 떠난다는 사실에 의욕만 앞서 신이 났다. 앞으로 어떤 일이 벌어질지도 모르면서.

돌이켜보면 여태껏 무언가를 결정하는 순간들은 너무나도 즉흥적이었다. 불편한 감정들을 소각하기 위해 떠나기도 했고 눈앞에 두고 싶지 않은 것들을 피해 멀리 달아나기도 했다. 하지만 지금 나는 내가 매 순간 만들어온 선택들을 후회하진 않는다. 내 선택을 후회하지 않게 하는 나만의 이유들이 그때마다 생겨났고 그 과정들이 지금의 나를 만들어냈으니 후회할 이유가 하나도 없었다. 아일랜드에서 보낸 나의 시간들은 단순한 '여행' 혹은 '도피'가 아니었다. 분신처럼 함께했던 사람들과, 내가 생활했던 장소로 인해 나의 삶은 빛나는 것들로 가득찼으며 세상에 영원한 것은 없다는 나의 생각을 흔들어놓았다.

종종 사람들은 내게 가장 행복한 기억이 무엇인지 묻는다. 나는 주저 없이 사과나무 가득한 그곳의 이야기들을 몇 가지 들려주었고 듣고 있던 사람은 나에게 이렇게 되물었다.

"더 들려줄 수 있어요?"

마을 찾기

인천에서 출발해 아랍에미리트를 지나 아일랜드에 오기까지 비행기에서만 꼬박 열네 시간을 보냈다. 하지만 목적지에 도착했다고 해서 긴장을 늦출 수는 없었다. 짐을 찾는 것부터 입국심사까지, 지금은 눈감고도 더블린 공항을 헤집고 다닐 수 있지만 그때 나에게 공항이라는 장소는 너무나도 생소한 곳이었기에 여기저기서 애를 먹었다.

지폐를 동전으로 바꾸기 위해 커피를 한 잔 샀다. 공중전화를 이용해야 했기 때문이다. 공항에서 선불 유심칩을 사서 스마트폰을 이용할 수 있다는 정보를 그때는 몰랐다. 눈앞에 보이는 공중전화기에 동전을 딸그락딸그락 넣으면서 꼬깃꼬깃한 종이에 적힌 번호로 전화를 걸어보았고 우여곡절 끝에 수화기 너머의 누군가와 연락이 닿아 마을로 가는 방법을 알아냈다. 내가 해야 할 것은 버스를 타고 그 마을 근처의 정류장에 내리는 것. 버스에서 내리면 누군가가 나를 차에 태워 마을로 안내해주기로 했다.

공항 밖으로 나가 정류장을 찾았고 버스를 타는 데 성공했다. 버스 기사에게 목적지인 '칼란Callan'에 도착하면 꼭 알려달라며 신신당부를 하고는 잠깐 눈을 붙였지만 말 그대로 눈만 붙였을 뿐, 덜컹거리는 버스 안에서 힐끔힐끔 창밖을 곁눈질하며 풍경을 바라보았다. 끝없이 펼쳐진 초록 들판, 그리고 간간이 지나가는 작은 마을들, 또 다시 들판, 다시 작은 마을……. 그렇게 세 시간이 지나서야 버스에서 내릴 수 있었고 내리자마자 온몸에 힘이 쭉 빠져 여행가방을 땅바닥에 툭 떨어트리는 찰나에 누군가 나를 불렀다.

"혹시 니가 민수니?"

나를 마을까지 데려가줄 사람이었다. 나에게 이 마을을 소개해준 사촌형과는 막역한 사이라고 했다. 무슨 문제가 있었는지 마을 사람 누구도 내가 오늘 도착하는 사실을 몰라 자신이 직접 데리러 왔다고 했지만 뭐가 되었든 괜찮았다. 그나마 여정이 거의 끝나간다는 사실이 내 마음을 편안하게 만들어주었다.

차를 타고 마을로 들어가는 길에 그와 이런저런 이야기를 나눴지만 또렷하게 기억나지는 않는다. 차로 십 분도 안 걸리는 거리인데 마을로 들어가는 길이 그때는 왜 그렇게 길게 느껴졌는지 모르겠다. 도착해서 시계를 보니 시간은 이미 밤 열한시. 너무 늦은 시간이라 대충 짐을 내려놓고 일단은 거실에서 잠을 청하라기에 그렇게 하기로 했다. 당장이라도 벽난로에서 해리 포터가 튀어나올 것 같은 거실엔 웅장하게 입을 연 피아노와 두툼한 소파가 보였고 여기저기에 널브러져 있는 기타, 책장에 정돈된 두꺼운 책들이 시야에 들어왔다. 일어나서 구경해보고 싶었지만 구태여 그러지는 않았다. 내 몸이 꺼질 듯이 깊게 파이는 소파에 누우니 너무나 편안했기에.

드디어 도착했다. 그 사실을 깨닫자마자 가슴이 쿵쿵댔다. 옅은
주광색 불빛이 켜진 거실에서 나는 긴 여정을 마무리하며 첫날밤을
보냈다.

나는 미스터 킴이야

시차도 적응해야 하니 한 일주일 정도 푹 쉬라고 누군가 말하고 갔다. 가만히 있을 수만은 없어 이 마을을 한 바퀴 돌아보기로 했다. 발 닿는 대로 걷다보니 빵집이 보였고 그다음으론 빨간 대문 집이, 마지막엔 밭이 펼쳐졌다. 사람들은 뜨거운 볕 아래에서 수확물을 손수레에 담고 있었고 노란 손수레에 담긴 여러 채소들은 이 집 저 집으로 배달되고 있었다. 나는 낯선 사람들에게 손을 흔들며 인사하고 싶었지만 용기가 나지 않아 이내 발걸음을 돌렸다. 밭을 따라 쭉 이어진 모랫길을 지나자 아스팔트길이 나왔고 아스팔트길 왼편에 작은 창문이 보였다. 창문에서 빨래를 널고 있는 친구와 수줍게 "안녕" 하고 인사를 했다. "네가 새로 온 봉사자구나. 안녕." 답인사를 해준 그녀가 다시 빨래를 널기에 나도 가던 길을 계속 걸었다. 모든 것이 평화로워 보이는 이 상황이 내겐 낯설었다. 이 공간에서 지낼 거라는 사실 또한 믿기지 않았다. 눈부신 햇살과 넓은 밭, 춤추는 거대한 나무들, 풀을 뜯는 소, 아무도 없는 작은 놀이터와 그곳에서 누군가를 기다리는 이끼 낀 그네 같은 것들이 내게 맑게 인사를 건네는데 뭐라 대답해야 할지를 몰랐다.

그때는 지난해 봉사를 하던 친구들은 하나둘 떠나고 다시 일 년간 이곳을 지킬 친구들이 하나둘 도착하는 시기라고 했다. 나도 그중에 하나였다. 많은 사람들이 오가는 시기라 지낼 장소를 마련하거나 마을에서 맡을 직업을 정하는 데 시간이 더디 걸렸다.

도착한 지 일주일이 지나자 나도 드디어 방을 갖게 되었다. 짐을 챙겨 방으로 옮기라는 말을 듣고는 헐레벌떡 가방을 쌌다. 기쁜 마음에 옷가지들을 가방에 쑤셔넣으며 앞장서는 친구를 따라갔다. 그 친구는 빨간 대문 집에 나를 데려다주었다. 어딘가 허술해 보였지만 왠지 모르게 정이 갔다. 파란 지붕, 바깥에서 보이는 네 개의 창문, 빨간 대문 옆에 차분히 자리한 나무벤치까지 사랑스럽기 짝이 없는 이 집이 바로 내가 살게 될 집이라 했다.

대문을 열고 들어서자 조용하고 평화로운 바깥과는 달리 내부는 시끄럽고 활기가 넘쳤다. 모여 있는 사람들은 왁자지껄 떠들었고 피아노와 기타 소리가 여기저기서 들려왔다. 방금 대문을 밀고 들어온 동양인 친구에 대해서는 그다지 관심이 있어 보이지 않아 조용히 2층 내 방으로 올라가려는데, 한 친구가 내게 다가와 손을 내밀어 악수를 청했다. 나는 어떻게 인사를 해야 할지 한참을 망설이다 문득 비행기 티켓 구석에 적혀 있던 'Mr'라는 단어를 떠올렸다. 일초 뒤 내 입에서 튀어나온 말. "나는 미스터 킴이야." 첫인사는 단순히 '안녕'이라는 말보다 특별하게 하고 싶다는 나의 열정이 만들어낸 결과였다. 하지만 미스터 킴이라니. 내가 생각해도 어이가 없었다. 주변 사람들 모두 웃음이 터졌고 나는 멋쩍어 미소만 지었다.

　빨간 대문 집에 처음 입성하던 그 순간은 부끄럽지만 잊히지 않는다. 대문의 색깔처럼 달아올랐던 키 작은 동양인의 두 볼. 무슨 말을 해야 할까 우물대기만 하던 나의 입. 계속 자리를 뜨고 싶어 안절부절못하던 차려 자세의 발끝까지.

　한참을 웃던 그 친구는 어딘가로 떠났고 나도 잠깐 머리를 긁적이다 내 방으로 올라가 짐을 내려놓았다. 한숨을 한번 푹 쉰 뒤 방을 둘러보았다. 왼쪽에는 발코니가 있었고 오른쪽 벽장 선반에는 유리화병에 꽂아놓은 꽃이 있었다. 누군가 정원에서 따다 준비해놓은 것이었다. 나중에 알게 된 사실이지만 새로운 친구가 올 때마다 이렇게 방을 꾸며준다고 했다.

　짐도 풀지 않고 침대에 뛰어들었다. 물론 이후에 두 번이나 더 방을 옮겨야 했지만 그 순간만큼은 너무나 행복해서 그대로 잠이 들어버렸다. 막 빨래한 듯 뽀송한 이불이며 베개, 푹신한 침대가 너무 편안했고 무엇보다 소파를 전전하다 나만의 방이 생겼다는 기쁨에 긴장이 풀려 나른해졌기 때문이다. 그리고 다음날 아침, 식사를 알리는 노크 소리조차 듣지 못할 만큼 나는 깊게 잠이 들어버렸다.

빨간 대문과 그 옆의 작은 벤치. 이 벤치에서는 별을 보면 별만 바라볼
수 있었고, 음악을 들으면 음악만 들을 수 있었다. 가끔 밤이면 이곳에
앉아 봉사자 친구들과 이야기하다 각자 방으로 돌아가곤 했다.

올리버를 만나다

샤워를 하고 나오는데 누군가 계단에 쓰러져 있었어요. 상황이 위급해 보였고 급히 도움이 필요한 것 같아서 몸도 덜 말린 상태로 얼른 달려갔지요. 한 여자가 손바닥으로 쓰러진 사람의 목뒤를 받치고 있었어요. 저는 무엇을 해야 할지 몰라 그저 쳐다보고만 있을 뿐이었고요. 쓰러져 있던 친구의 초점은 이내 세상으로 돌아왔지만 여전히 무언가 불안해 보이는 듯한 눈빛이었어요. 조금씩 시선이 제게 맞추어지는 것이 느껴졌지만 이내 잠을 자러 가야겠다는 듯한 손짓을 했어요. 저와 그녀는 쓰러진 친구를 일으켜 침대로 데려다주었고 그 이후 짧게 대화를 나누었습니다.

쓰러진 친구의 이름은 '올리버'라고 했어요. 자신은 그의 오랜 친구이며 여름이나 겨울에 시간을 내 독일에서 찾아온다고 했지요. 올리버가 방금 쓰러진 이유는 발작 때문이라고 했어요. 발작은 여름에 자주 찾아와 그를 괴롭힌대요. 그래서 그가 방에 혼자 있는 시간에도 우리는 계속해서 지켜봐주어야 한다며 손에 들고 있는 스피커처럼 생긴 물체를 흔들어 보였고요. 이 '베이비폰'을 통해 올리버의 방에 설치된 마이크에서 스피커로 소리가 전달되는데 봉사자들은 이 소리에 늘 귀기울여야 한다고 말했어요. 예를 들면 발작이 오는 소리, 그가 침대에서 일어나 어딘가로 움직이는 소리, 그의 작은 기침 소리까지 방에서 어떤 소리가 나는지 알아챌 수 있어야 문제가 생기면 곧장 달려갈 수 있으니까요.

영어라 전부 알아들을 수는 없었지만, 그런 말들이었던 것 같아요. 하지만 마지막에 살며시 들을 수 있는 목소리로 말해준 한마디는 똑똑히 알아들을 수 있었습니다.

"이제부터 네가 돌봐줄 친구야."

에단과 노아

에단은 아침에 잠을 깨우러 방으로 들어가면 따―단! 하고 소리를 지르며 이불을 박차고 일어나요. 아마 깨우러 온 봉사자를 놀라게 할 생각으로 그러는 거겠지만 실상 아무도 놀란 적은 없지요. 그저 사랑스러울 뿐.

다운증후군을 가진 에단은 우리집의 활력소예요. 사람 사귀는 것을 좋아해서 누구에게나 친구처럼 다가와 인사하곤 하고요, 음악을 좋아하는 그는 어딘가에서 음악 소리가 들리기만 하면 달려가 귀를 쫑긋 기울입니다. 연주가 끝날 때까지 입을 벌리고 듣다가 음악이 끝나면 어김없이 연주자에게 답례로 전달하는 것은 바로 그의 전매특허인 포옹.

에단은 영화 〈슈렉〉과 〈오페라의 유령〉을 좋아해요. 본 것을 또 봐도 저렇게나 재밌을까요. 적어도 일주일에 세 번은 이 영화들을 보는 것 같아요. 허허허 웃다가 이내 초록 괴물의 뿔을 따라 하거나 오페라의 유령처럼 얼굴을 반쯤 가리고 집을 이리저리 돌아다니는 것을 참 좋아하지요.

에단은 누군가를 안아주는 일을 참 좋아해요. 사람들의 감정을 누구보다 빠르게 알아채는 친구였기 때문에 누군가 슬프다면 먼저 달려와 옆에 있어주고 행복하면 함께 웃어주는데 그때는 정말 다 안다는 눈빛을 보내주지요.

이렇게나 행복해 보이는 에단도 슬플 때가 있어요. 힘이 엄청나게 센 에단은 어릴 때의 기억이 플래시백 되면 고통스러운지 모든 걸 던지고 때리고 부숴버립니다. 그래서 가끔 그가 자신을 통제하지 못할 때가 오면 사람들이 자리를 피해주어야 하고요. 그때마다 그와 가까운 누군가가 에단의 마음을 진정시킬 수 있을 정도로 꼬옥 안아주어야 했어요. 아무도 그의 어릴 적에 대해 언급하지는 않지만 확실한 건 이 마을에 살기 시작하면서 그가 많이 안정되었다는 거예요.

노아 또한 같은 다운증후군을 가진 친구예요. 누구라도 노아를 본다면 사랑에 빠지게 될 거란 걸 알지요. 코에 살짝 걸친 돋보기안경, 할아버지 같은 웃음소리, 우리를 살살 녹이는 미소, 산책을 나가서 한 걸음 걸으려 하면 제게 팔짱을 탁 끼며 위로 쓱 쳐다보는 눈동자까지.
(팔짱을 껴달라는 표정으로)
"흐흐."
"아냐. 노아는 어른이니까 이제 팔짱 없이도 잘 다닐 수 있어야 해."
(시무룩한 표정의 노아)
"……."

"흠. 그럼 오늘만이야. 대신 업히는 건 안 돼."

노아와 에단은 동갑내기 친구예요. 두 친구 모두 다운증후군을 가지고 있고 다운증후군을 가진 아이들은 누군가의 행동을 따라 하는 것을 좋아하다보니 그들의 행동에는 닮아 있는 구석이 참 많답니다. 수프를 휘젓고 있는 제 옆에 다가와 나란히 서서 국자를 함께 저어본다든가, 휘핑크림을 입 주위에 가득 묻히고 거울을 보며 낄낄거리며 웃는 모습들. 두 친구 모두 케첩과 마요네즈를 좋아하고 파스타를 요리하는 날이면 하트가 뿜어져나올 것 같은 눈동자를 반짝반짝. 가끔 양파 튀김, 브로콜리 튀김을 해주면 저를 훌륭하다고 칭찬해주는 듯한 손짓까지 참 사랑스러워요.

에단과 노아는 저와 같은 집에 살아요. 저는 집에서 올리버를 돌보고 있지만 오후에는 에단과 노아를 데리고 함께 나무책상 만드는 일을 했기 때문에 그들과 얽힌 사소한 추억도 참 많답니다. 가끔 일하기 싫어진 우리는 오른손을 번쩍 들고는 화장실을 가고 싶다며 목수대장 하퍼에게 투정을 부려요. 그러고는 화장실이 아니라 목공소 앞에 있는 집에 가서는 쿠키로 배를 채우고 돌아오곤 하지요. 입에 잔뜩 과자 부스러기를 묻히고선 헤헤 웃는 우리를, 하퍼도 눈치챘지만 눈감아준 적이 많답니다. 일을 마치고 집으로 돌아오는 길엔 언제나 노아와 에단이 제 양옆에 있어요. 아이들이 양팔에 대롱대롱 매달려서는 빨리 저녁을 먹으러 가자고 보채는데 그때마다 우리 발걸음이 얼마나 가벼운지 몰라요.

그때 우리가 육 개월의 대장정에 걸쳐 완성한 테이블과 의자들에는 이제 페인트로 색도 입혀졌겠어요. 노란색, 주황색, 하늘색 알록달록 화사한 색깔들로 말이에요. 도색은 마무리하지 못한 채로 저는 그곳을 떠나야 했거든요.

그들은 가끔은 펍도 가고 (간다 해도 초록 사이다를 마셨지만) 제 카메라로 셀카도 잘 찍어요. 덕분에 저의 스마트폰에는 그들의 모습이 한가득이고요. 아주 건강한 두 청년들은 우리집에 없어서는 안 될 존재예요.

무언가를 잃으면 무언가는 반드시 얻게 되어 있다고 저는 믿어요. 아마 '식스 센스'라는 것이 세상에 존재한다면 이들이 가진 힘 아닐까요. 이 친구들은 사고나 학습능력이 덜 발달했다고 할지언정 순수 그 자체를 보여줄 수 있는 능력이 그들에겐 있으니까요.

주방의 꽃, 아가

　요리를 하려는데 가스레인지가 없었어요. 오븐은커녕 그 흔한 전자레인지도 없었으니. 요리를 어떻게 해야 하나 고민하는 도중에 발견한 건 주방 한켠을 지키고 있는 화덕이었지요. 거북이 등딱지 같은 동그란 은색 뚜껑이 위로 볼록 튀어나와 있는 기이한 몸체의 화덕이었는데 어쨌든 가스레인지이고 오븐이고 전자레인지인 이 물체는 아가Aga라고 불려요. 파란색 아가를 앞에서 보면 네 개의 뚜껑이 있어요. 하나하나 열어보면 뜨거운 화덕 한 칸, 조금 덜 뜨거운 화덕 한 칸, 조리를 하고 나서 음식이 식지 않게 보관할 온실 두 칸의 공간이 나와요. 이 공간들이 오븐처럼 사용되는 것이고요. 또 화덕의 윗면에 있는 동그란 은색 뚜껑 아래에는 돌판이 숨어 있어요. 뜨거운 돌판 한 개, 조금 덜 뜨거운 돌판 한 개를 가스레인지처럼 사용하지요. 간단하게 아가를 묘사해보자면 그래요.

　아가는 영국 주방의 꽃이라고 불린대요. 혼수를 준비할 때 부인들이 집에 가장 들여놓고 싶어한다는 물건이라지만 처음 봤을 때 제겐 그저 뜨거운 돌덩이일 뿐이었지요. 하지만 요리를 직접 해보면 이 화덕이 그저 난로가 아니라 엄청난 진가를 발휘하는 부엌 용품이라는 것을 알 수 있었어요. 365일 내내 달궈져 있는 아가의 돌판은 항상 일정한 온도를 유지하기 때문에 요리를 하면 음식이 더 맛있었거든요. 예전에 소고깃국을 끓이시던 외할머니께서 요리는 그윽한 불맛이라고 하셨는데 정말 사실이더라고요. 수프 하나를 끓여도, 굴라시를 끓여도 정말 기가 막히게 진한 맛이 났어요. 오븐을 사용할 때는 온도가 몇 도인지 알 수가 없어서 처음에는 애를 먹었지만 차츰 오븐에도 익숙해졌어요. 목요일마다 점심으로 만들었던 라자냐도 바로 여기서 태어났기에 저는 오븐을 사용하는 요리에 더욱더 자주 도전하게 되었습니다.

　요리도 요리지만 쌀쌀한 날이나 겨울에 아가는 언 몸을 사르르 녹여주는 그런 존재이기도 했어요. 그래서 비가 오고 난 후 갑자기 추워진 저녁에 우리는 종종 주방에 모여 차를 마시며 놀거나 달궈진 은색 뚜껑 옆에 앉아 대화를 나누곤 했어요. 비가 오고 바람이 불어 기온이 뚝 떨어져도, 겨울이 오고 서리가 내려 입김이 호호 나오는 날에도 아가가 버티고 있는 주방만큼은 언제나 따뜻한 온실이었어요. 생각해보면 아마 우리가 그렇게나 행복했던 건 아가 덕분이 아니었을까요. 어른들께서 가끔 그러시잖아요. '등 따시고 배부르면 그만큼 좋은 게 없는 거여.'

라즈베리 따기

브라질에서 온 소피아는 만들지 못하는 케이크가 없다. 바나나, 땅콩, 심지어 커피로도 케이크를 만들어내는 능력자이다. 그런 그녀가 오늘은 라즈베리로 케이크를 만들겠다고 아침부터 분주하기에 노아와 나는 벌써부터 불안하기만 하다. 아무도 우리를 볼 수 없는 2층 소파로 옮겨갈까 하던 차에 아니나 다를까 소파에서 빈둥대던 우리를 발견한 소피아가 주방에서 외쳤다.

"민수! 노아! 밭에 가서 라즈베리를 좀 따다줘. 부탁할게."

"응, 그래. 안 그래도 뭐라도 도와주려고 물어볼까 했어."

나는 일하기 싫어 숨어 있다 들킨 말년병장처럼 머리를 긁적이며 주섬주섬 나갈 준비를 했다. 사실 노아와 오전에 영화를 보려 했었는데 우리에게 달리 할일이 없다는 사실을 눈치챈 소피아가 일거리를 던져준 것이다. 노아도 영화에 미련이 남은 표정이었지만 케이크를 먹을 수 있다는 생각에 이내 신발을 갈아 신었다. 준비를 마친 뒤 작은 텃밭으로 향했다. 밭에는 평소 여러 종류의 채소가 심겨 있는데 옥수수, 라즈베리가 한창이다. 뜨거운 여름이 지나고 선선한 바람이 불기 시작하면 가시 돋친 줄기에 라즈베리가 탱글탱글 맺히기 시작한다. 여유로운 평일에는 친구들과 라즈베리를 따는 게 오후 일과가 되기도 할 만큼 라즈베리 나무가 많아서 라즈베리로 잼을 만들거나 설탕과 버무려 디저트로 자주 먹곤 했다.

라즈베리 나무의 가시에 찔려 고생한 기억이 있는 노아는 멀찌감치 떨어져서 나를 바라보기만 했다. 빨리 열매를 따서 먹고 싶다는 눈빛으로도 보인다.

늦은 오전. 이 시간쯤 둥그런 해는 마을 뒤뜰에 서 있는 거대한 나무 뒤에 숨어 있다. 밝게 빛나는 해는 늘 나무들에 가려져 있었는데 그 큰 그늘이 나는 언제나 좋았다. 그늘을 지나는 길. 파랗고 깊은 플라스틱 그릇에 라즈베리를 가득 담아 집으로 돌아가면서 열매에 묻은 먼지를 살짝 털어 노아의 입에 하나 넣어주었더니 그의 입꼬리가 씩 올라갔다.

무서운 귀갓길

운전을 할 수도 없고 아직 친해진 사람도 없어서 슈퍼마켓이 있는 타운으로 혼자 걸어 나가보기로 한 날이었어요. 자전거를 타고 나가려 했지만 이미 마을의 자전거는 누가 찜을 해둔 상태였기 때문에 그냥 걸어가기로 마음 먹었습니다. 스마트폰이 있으니 길 잃을 염려도 없겠다, 차로 달리면 십오 분 거리에 마트가 있으니 주변을 둘러보며 걷다보면 금방 타운에 닿을 수 있을 거라고 생각했거든요. 시내라 할 것도 없는 작은 타운에 슈퍼마켓이 하나, 잡다한 것을 모두 파는 약국이 둘, 피자와 타코칩을 파는 상점이 셋, 꽃집이 하나, 야채가게가 하나, 신기하게도 중국음식점이 둘, 마지막으로 아일랜드 어디에서나 찾아볼 수 있는 작고 오래된 성당이 하나 있었어요. 아일랜드는 워낙 역사적으로 유서가 깊은 나라여서 들판 어디에서나 이런 건물을 찾아볼 수 있었거든요.

여기저기 기웃대다 결국 원래 목적이었던 슈퍼마켓에 도착했어요. 양손에 먹을거리와 마실 거리들을 가득 들고 집으로 돌아가는 길, 하늘은 이미 어두워져 있었어요. 그때까지만 해도 히치하이킹을 몰랐고 이 짧은 거리를 삼만 원 남짓한 돈을 주면서까지 택시를 타고 싶지 않았기 때문에 걸어가려 했지만 막상 그러자니 또 막막해졌어요.

칼란이라는 이 작은 타운부터 제가 사는 마을까지는 대략 6.5킬로미터 정도. 타운을 조금 벗어나면 가로등 하나 없는 평지가 나와요. 어두운 도로를 달리던 차가 저를 보지 못하고 치어버릴 수도 있겠다는 생각에 뒤에서 엔진 소리가 들리기만 하면 짐을 내려놓고 스마트폰 손전등으로 누군가 있다는 표시를 여러 번 반복하다보니 무섭기도 하고 얼른 집에 가고 싶다는 생각만 마음속에 가득했지요. 눈이 어둠에 적응을 했다고는 하지만 아무것도 보이지 않았고, 달빛조차 없는 그 길을 어떻게 끝까지 걸었는지 모르겠지만 어떻게든 저는 집으로 돌아왔어요.

집에 돌아오자마자 땀범벅이 된 제게 누군가 했던 말.

"진짜 거길 걸어왔단 말이야? 이 시간에? 내 번호를 저장해두었다가 어디 나가야 한다면 내게 전화해. 그리고 도로를 걸으려면 낮이든 밤이든 형광조끼를 꼭 입어야 해. 잊지 마. 위험하다고."

이 주쯤 지나 저도 마을의 자동차들을 운전할 수 있게 되었기 때문에 다시는 그 길을 걸을 일이 없었지만 누군가 뒤에 따라오는 것만 같았던 그때의 기분을 떠올리면 여전히 등골이 오싹해요.

빨간 대문 집

유명한 소설 『해리 포터』에서 학생들에게 기숙사를 정해주던 장면을 기억하시나요. 마법의 모자가 그리핀도르! 슬리데린! 래번클로! 라고 외치던 그 장면. 그 장면처럼 저희도 처음에 도착하면 집을 정해야 해요. 하얀 집! 밭 옆에 있는 집! 빨간 대문 집! 오두막 집! 여자들만 사는 집! 하고 누군가 결정해주었던 게 생각납니다. 제가 처음 배정받은 집은 다섯 개의 집 중 파란 지붕에 빨간 대문을 가진 라커레. 다섯 개의 집 중에서 가장 시끄럽고 어지럽고 힘들다는 그곳. 그럼에도 저는 마을에 지내면서 우리 집이 가장 편안하고 따뜻했어요.

빨간 대문에는 '겨울에는 문을 잠가요. 옆문을 이용해주세요'라고 적힌 종이가 붙어 있었어요. 바람이 강하게 부는 겨울에 대문을 열면 문 앞에 쌓였던 낙엽들이 하나둘 바람을 타고 들어와 대문 안쪽을 가득 채웠는데 그럴 때면 청소하기가 참 번거로웠거든요. 가끔씩 옆문으로 돌아가기 귀찮아 아이들과 앞문을 이용하다 집 아빠가 그 모습을 보는 날이면 호되게 혼나곤 했는데 혼나는 모습이 꼭 야자시간에 도망치다 걸린 고등학생처럼 짓궂기 그지없었어요. 아이들과 저는 '죄송합니다' 하며 우물쭈물 집으로 들어가면서도 속에선 웃음이 터져 참느라 한번 더 혼이 났었지요.

집 양쪽에는 2층 발코니로 올라가는 계단들이 있어요. 왼쪽 계단
으로 올라가면 아래에 빨래방이 보이고 손님을 맞을 수 있는 작은
방이 있고요. 오른쪽 계단으로 올라가면 우리 마을의 잔디밭이 모두
보이는 긴 발코니가 쭉 이어져 있지요. 왼쪽 계단의 입구에는 조그
마한 통로가 있는데 그 통로를 지나 앞으로 더 가다보면 잡다한 것
들을 모아놓은 작은 창고, 창고 옆에는 밭에서 일하는 사람들을 위
한 장화들이 가득 쌓인 선반이 놓여 있어요.

빨간 대문과 파란 지붕으로 이루어진 이층집 아래에서 북적북적
하던 추억들이 하나둘 떠오를 때마다 사진들을 꺼내봐요. 행주를 가
지고 서로 장난을 치는 모습, 고양이 세 마리가 나란히 소파에서 누
워 자는 모습, 빨간 테두리가 있는 동그란 벽시계와 그 옆에 늘 있던
주광색의 스탠드……. 그 편안했던 장소를 떠올리다보면 가끔은 뒤
척이느라 꼬박 밤을 새우기도 하고, 오히려 푹 자기도 한답니다.

자주 울던 나를 늘 받아주었던 친구. 그녀는 내게 큰 조력자였다.

행복의 증거

우리는 나무와 숨을 쉬고 공기와 춤을 추며 바람과 노래했다. 조심스레 이슬을 내려놓는 풀잎들에게 아침마다 감사 인사를 했고 열매를 움켜쥔 가지들에게 손 흔들어 안녕을 전했다. 사랑이 메마를 틈이 없던 시절, 우리는 언제나 꽃을 피워냈다.

바구니 가득찬 과일들에 우리의 얼굴에도 웃음이 가득했고, 비가 내릴 때마다 하늘에 떠 있는 구름을 창밖으로 보며 모닥불 앞에서 몸을 녹였다. 그렇게 계절을 보내며 우리는 더욱 깊어만 갔다.

생각해보면 그 행복의 증거는 내게도 남아 있는 것 같다. 새로운 언어를 익혀야 했던 나는 주로 사람들과 대화를 하면서 영어를 배웠는데, 끝내 '원망' '절망' '이기' '복수' '질타' 같은 단어들을 들은 기억은 없다.

페스토 만들기

텃밭에 바질이 한창이다. 그래서 우리집 사람들은 바질을 한 가득 따오기로 했다. 빵에 발라 먹거나 파스타 소스를 만들어 먹을 수 있는 페스토를 만들기 위해서다. 페스토는 여기저기 활용할 곳도 많고 어떤 요리에도 잘 어울린다. 정말이지 빵을 좋아하지 않는 나조차도 페스토를 덕지덕지 바른 빵이라면 거뜬히 세 조각은 먹을 수 있고 파스타 요리에 볶은 페스토를 얹으면 고명 올린 잔치국수를 먹듯이 후루룩 삼켜버릴 수 있다. 또 페스토를 만들어놓으면 언제든 간단하게 한끼를 해결하기가 수월했으니 소풍 가는 날이면 우리는 페스토를 듬뿍 얹은 빵으로 만든 샌드위치나 간단한 파스타를 챙겨 다녔다.

협업의 힘이 빛을 발해야 하는 순간이 다가왔다. 에단 팀은 텃밭으로 가서 바질을 따오고 노아 팀은 재료를 준비하고 올리버 팀은 마무리를 하기로 했다. 파란 샐러드볼 가득 바질을 따 집으로 걸어오는 에단의 모습은 꼭 전쟁에서 승리한 장군처럼 의기양양하다. 노아는 맛있는 파스타를 먹을 수 있다는 말에 열심히 눈물을 흘리며 마늘을 까는 중이고 나는 핸드 블렌더와 기타 재료들을 준비했다. 올리버는 늘 그렇듯 주방 한켠에 앉아 책을 읽으며 얼른 페스토를 만들어 대령하라 한다. 우리집의 대장군.

그렇게 우리가 처음으로 페스토를 만든 날 밤, 주방의 빨간 벽면 위에는 페스토 레시피가 담긴 종이 하나가 붙어 있었다.

바질 페스토 만들기

1. 신선한 바질을 물에 씻은 후 물기를 털어준다.

2. 캐슈너트를 기름을 두르지 않고 팬에 볶은 뒤 식혀준다.

3. 블렌더에 바질, 캐슈너트, 간 치즈(보통 파르메산을 많이 이용함)를 넣는다.

4. 올리브오일을 넣고 간다. 소금도 한 꼬집!

5. 만들어진 페스토를 깨끗한 용기에 담는다.

6. 맛있는 페스토 완성!

앤의 마을

마을에서 한 시간 정도 차를 타고 가면 좋아하던 바닷가가 있어요. 해안을 따라 어마어마하게 높은 절벽들이 줄을 지어 있는데 그중에 제일 가운데 있는 절벽 하나를 기어오르면 큰 들판이 있고요. 가끔 이곳에서 캠핑도 한다고 들었지만 그다지 적합한 장소는 아니에요. 물이 차면 들판은 섬처럼 고립되거든요. 들판에 올라 고개를 들면 속이 뻥 뚫리는 장관이 펼쳐지지요. 켈트해는 끝이 어디인지 모를 만큼 넓게 펼쳐져 있고, 들판에 누워 하늘을 바라보면 솜사탕보다 더 부드러울 것처럼 생긴 구름들은 거대한 열차처럼 줄지어 있는 모습도 볼 수 있었어요. 쉬는 날 마음 맞는 친구들을 모아 이곳에 올라가 누워 있다 오곤 했는데 그때마다 세상의 가장 높은 곳에서 쉬는 느낌을 참 많이 받았어요. 그리스로마신화에 나오는 올림푸스의 신들은 이런 기분이 아니었을까 생각하면서요.

반대편 절벽에는 소와 양들이 풀을 뜯는 모습이 보여요. 어느 날은 소들을 가까이 보고 싶어 반대쪽 언덕에 올라가보았어요. 들판에는 둥그렇게 펜스가 쳐져 있었고 무심결에 손으로 펜스를 잡았다가 온몸이 찌릿해지는 걸 느끼고 잠시 동안 움직일 수가 없었지요. '고압전류가 흐릅니다'라는 표지판을 보지 못하고 그만 손으로 펜스를 잡아버렸던 거예요. 과거에 가끔 소들이 발을 잘못 디뎌 바다로 떨어진 적이 있어서 그 이후로는 전기가 통하는 줄로 펜스를 만들어 방목한다고 했어요. 끝없는 바다를 바라보면서 사는 소들의 운명이 가끔 나보다 행복한 것 같으면서도 닿으면 찌릿거리는 전깃줄에 갇혀 산다는 사실에 조금 마음이 쓰렸네요. 소들의 목숨을 지켜줄 최소한의 울타리가 그들을 괴롭게 만들 수도 있다는 사실이 참 역설적이라 슬펐어요.

펜스를 따라 계속해서 걷다보면 작은 어촌이 나와요. 작은 낚싯배가 다섯 대 정도, 지은 지 천년이 넘었다는 돌로 이루어진 작은 망루가 하나. 망루를 오르는 계단 아래쪽에는 굳게 닫힌 나무문들이 있었고 어촌에서 맡을 수 있는 비릿한 냄새도 진동했어요. 코로 느끼기엔 동해안의 어느 어촌과 다를 바 없다 느꼈는데 보여지는 풍경은 확연히 달랐지요. 딱 한 번 그 마을까지 걸어가본 적이 있는데 해가 지는 풍경이 정말 아름다웠어요.

왜 앤의 마을Annes Town이라고 이름 붙여진 걸까요. 누군가에게 물어보고 싶었지만 사실 그 마을에선 아무도 만날 수 없었기에 물어볼 수가 없었어요. 언젠가 다시 가보려 했지만 그후로 가보지도 못했고요. 혹시 빨강머리 앤의 이야기가 이 마을에서 만들어진 건 아니겠지요?

아일랜드의 바다는 늘 좋았다. 차를 타고 한 시간이면 근처에 있는 해
안에 도착할 수 있었다. 내 무릎까지 오는 키 큰 풀들이 숲을 이룬 곳.
바다를 낀 해안도로는 내게 완벽한 드라이브 코스였다.

일주일에 단 하루

일주일에 하루, 쉬는 날에는 전날 밤 늦게까지 영화를 보고 늦잠을 잤다. 하지만 방이 1층 중앙통로에 있기 때문에 늦잠이라 해봐야 보통날보다 한 시간 정도 더 자는 것이다. 더 잔다고는 하지만 아침부터 우당탕탕 사람들 움직이는 소리에 반쯤 깨어 있을 수밖에 없는 상태. 사람들이 부르는 아침 노래, 유리잔 깨지는 소리, 오전 일과를 가기 싫어 떼쓰는 아이들 소리, 벌컥벌컥 빨간 대문을 열어젖히는 소리.

별수없이 하얀 이불을 걷어차고는 일어나 주방으로 간다. 온기가 채 가시지 않은 커피를 머그잔에 가득 따른다. 우리집 사람들은 커피가 없으면 일상생활을 이어나갈 수 없기 때문에 쉬는 날, 눈을 뜰 즈음이면 언제나 신선한 커피가 내려져 있다. 커피잔을 조심스레 2층 욕실로 가지고 올라가 문을 걸어 잠그고는 목욕을 했다. 일주일에 한 번 물을 가득 채워놓고 뜨거운 수증기를 만끽하는 것은 쉬는 날의 시작을 의미했다. 소란한 아침으로 시작하지만 욕조에 몸을 담그는 순간부터는 언제 그랬냐는 듯이 주위가 고요해진다. 이유는 단순하다. 이 시간이 되면 2층에는 아무도 없다.

열시까지 음악을 들으며 좀비마냥 몸을 물에 띄웠다 가라앉혔다 놀다가 손가락이 물에 불겠다 싶으면 그때 후다닥 수영 갈 준비를 했다. 내 몸보다 큰 수건을 하나 챙겨 차를 몰아 킬케니로 가서는 한 시간 정도 수영장과 사우나를 오가길 반복했다.

수영장 내부에는 건식사우나와 큰 욕조가 있는데 헥헥거리며 앉아 쉬다보면 오전이 금방 지나갔다. 그렇게 상쾌하게 오전을 보내고 나면 나는 자선가게에 꼭 들렀다. 운이 좋으면 보고 싶었던 DVD나 새것 같은 헌옷을 값싸게 구입할 수 있는 곳. 내게 그곳은 일주일에 한 번 행운을 만나는 필수코스였다. 자선가게를 나와 역시나 꼭 들르는 곳은 라면을 파는 아시안 식품가게다. 운이 좋으면 '포장마차'라는 이름을 가진, 한국에서 한 번도 본 적 없는 우동을 살 수 있었고 고추장도 구할 수 있었다. 나는 요리에 필요한 재료들을 대개 이곳에서 구입하곤 했다. 쇼핑을 하며 가게를 빙빙 돌다가 물건을 품 안 가득 안고는 계산대에 와르르 쏟아놓은 뒤 마지막에 집는 물건이 있다. 바로 포춘쿠키다. 20센트의 즐거움이라고나 할까. '기회가 왔을 때 놓치지 마라' '행복은 주변에 있다' 같이 뻔한 말들이 적혀 있지만 사실 모두 맞는 말이어서 고개를 끄덕이며 집으로 돌아오곤 했다. 별 계획이 없는 날엔 이렇게 여유로운 날들을 보냈다.

일주일에 단 하루, 가끔은 그마저도 온전히 나를 위해 쓸 수는 없었지만 기회가 생기면 완벽하게 여유를 만끽하려 했다. 나를 돌보기 전에는 그 누구도 먼저 생각할 수 없다는 것을 잘 알고 있었다. 그래야 또 내일 맛있는 밥상을 차려줄 수 있을 테니까. 신나게 음악을 연주하고, 멋진 나무테이블을 만들 수 있을 테니까.

마음이 열리는 순간들

올리버는 아일랜드에서 일 년 반 동안 나와 함께 생활했다. 뇌성마비 때문에 몸이 불편하고 만성적인 간질 발작 때문에 24시간 누가 함께 있어주어야 한다. 그래서 잘 때도 항상 내 머리맡에는 올리버의 숨소리를 들을 수 있게 해주는 베이비폰이 있었다.

올리버는 월화수에는 아침 여덟시에 마을에 왔다가 오후 다섯시에 집에 돌아가고 목요일부터 주말까지는 나와 함께 마을에서 지낸다. 내 친구 올리버는 자전거로 분리수거할 유리병, 페트병, 종이박스들도 옮길 수 있고 마을에서 가장 맛있는 그래놀라를 만들기도 한다. 산책을 좋아하고 조금씩 굽어가는 등을 펴고 탈 수 있게 제작된 특수자전거도 있으며 거실에는 버튼만 누르면 그를 일으켜주는 자동의자도 있다.

올리버는 〈아고스〉라는 없는 것 빼고 다 파는 회사의 두꺼운 광고잡지책 보는 것을 좋아하고 이곳의 여느 아이들처럼 트랙터를 정말 좋아한다. 그래서 누군가는 그의 아침을 위해 천장에 트랙터 사진도 몇 장 끼워놓기까지 했다. 초록, 노랑의 트랙터들을 눈뜨자마자 마주하면 그가 기뻐할 거라고 생각하면서. 우유에 적신 빵과 치즈를 좋아하고 욕조에서 입으로 부르르르 거품 만들기도 좋아한다. 차만 타면 창문 밖으로 손끝을 내밀어 바람을 느끼는 귀여운 습관도 생겼다.

올리버와 소통하는 방법은 신체를 이용해 수화를 하는 것이다. 예를 들면 이마를 가리키는 것은 핫초콜릿을 달라는, 사람들을 보며 코를 가리키면 나를 불러달라는, 배를 문지르면 미안하다는, 집게손가락과 중지로 눈을 쓱 비비면 잠이 온다 혹은 피곤하다는, 손끝으로 가슴을 바깥쪽으로 쓸면 부탁한다는, 손을 허공에 앞뒤로 왔다갔다 두 번 정도 하면 산책을 가고 싶다는, 주먹을 쥐고 볼을 톡톡 치면 엄마, 허공에 주먹을 쥐고 노크를 두 번 하면 할아버지, 손목을 두세 번 정도 돌리면 그것은 자전거를 타고 싶다는 의미이다. 그 외에도 더 있지만 이 정도 사인이 우리가 주로 나누는 대화이다.

올리버는 나보다 다섯 살 정도 어리지만 나와 생일이 하루밖에 차이 나지 않아 우리는 생일파티도 함께했다. 올리버가 세상에 나오자마자 의사는 그가 앞으로 삼 년밖에 살지 못할 것이라 했다고 한다. 심한 발작 때문에 한쪽 시력을 잃었고, 크리스마스쯤 꼭 찾아오는 폐렴은 그를 힘들게 하지만 올리버는 의사의 말을 비웃기라도 하듯 스물한 번의 사계절을 꿋꿋하게 견뎌냈다.

그가 스무 살이 되던 해, 어느 여름날 우리는 만났다. 말로 할 수 있는 단어는 'No', 'Mama', 'There' 밖에 없으니 대화는 불가능했고 올리버는 매일같이 나를 물고 뜯고 때리고 차며 시험하는 것 같았다. 실제로 친구들은 일 년에 한 번 새로운 봉사자가 올 때마다 일부러 거칠게 행동한다고 한다. 이방인에게 자기방어적인 본능을 드러내기 때문에 무엇보다도 신뢰를 쌓는 것이 중요했다.

올리버와 가까워진 몇 가지 계기들이 있다. 내 생각이지만 언젠가 넘어지는 올리버를 내가 무릎과 팔이 다 까지면서 받아냈을 때와 올리버가 발작이 와서 내가 문 앞에 기대 꼬박 밤을 세웠던 그때 이후로 우리는 조금 가까워졌다. 한 번 발작이 오면 하루에 대여섯 번씩 고통을 겪어야 하는 올리버를 보면 제아무리 양철인간이라 하더라도 가슴이 아프고 아무것도 할 수 없는 자신이 원망스러울 것이다. 살아 있는 것조차 죄스럽다 생각하면서 올리버를 지켜봤었다.

우리가 돌보는 친구들은 모두 알고 있었다. 모르는 것 같지만 우리 주변의 공기들을 마시고 소리를 듣고 냄새를 맡으며 느낀다. 이 친구들은 오감이 아니라 육감, 아마도 칠감에 팔감까지 가지고 있는 것 같다. 그렇기 때문에 자신의 곁에 있는 사람이 무엇을 느끼는지, 어떤 생각을 하는지 전부 파악하는 것처럼 보인다.

내 팔과 다리를 벽으로 밀어낸 그날, 올리버의 마음에도 분명 생채기가 났을 거고 내가 문 앞에서 선잠이 들었던 날에는 그도 깊게 잠들진 못했던 것 같다. 그해 가을부터 올리버는 내게 마음을 열었고 손으로 코를 가리키는 것으로 민수라는 사인도 만들어주었다.

생일 점심으로 잔치국수를 만들었던 날, "애들아, 한국에서 국수는 장수의 상징이야" 하고 알려주었다. 멸치를 우려 육수를 냈고, 고명을 얹어 멋을 냈지만 인기는 별로 없었다.

오후 즈음 빨래가 가득 걸린 빨래방에 들어서면 기분이 정말 좋다. 햇
빛이 들어오고 새소리도 들리고 온도도 습도도 완벽했다. 세탁기와 건
조기 돌아가는 소리, 뽀송뽀송한 세제 냄새가 내 오감을 자극하는 곳.
나는 이 공간을 무척이나 좋아했다.

누군가 큰 나뭇가지를 주워와 식사하는 테이블 위에 걸어두었다. 덕분
에 한동안 식탁에는 한층 더 따뜻한 분위기가 흘렀다.

빨래방

　열 명이 넘는 사람의 빨래를 해야 하다보니 두 대의 세탁기는 쉴 새없이 웅웅거리며 돌아가고 있었다. 열 평 남짓 되는 공간에는 뽀송한 비누 냄새가 가득하고 창문을 열면 널려 있는 빨래들이 하늘하늘 춤을 춘다. 아이들의 이름이 적힌 하얀 빨래 바구니들이 선반 위에 쌓여 있고 고양이들이 바구니 안에 자리를 잡고 낮잠을 자기도 한다. 집 부모가 급하게 옷을 말려야 하는 일이 아니라면 굳이 건조기를 이용하지 말자고 했지만 건조기는 늘 돌아갔다.

　빨래방은 외부에 있었기 때문에 문을 세 개나 열고 나가야 했고 넘어야 할 턱도 많았는데, 그래서인지 올리버는 유독 빨래하는 일을 힘들어했고 또 좋아하지 않았다. 주말 아침 방 청소를 마치고 나면 기나긴 여정이 시작된다. 빨랫감이 가득 담긴 하얀 바구니를 들고는 빨래방까지 가는 길. 양손에 무언가를 쥐고 빨래방으로 가기엔 그가 바르게 균형을 잡고 걸을 수가 없었기 때문에 내가 대신 바구니를 들고 그는 모자 달린 티셔츠 하나를 손에 쥐곤 했다.

　"이것만 끝내고 우리 책 읽으면서 뭘 좀 마시자."

　한 걸음 한 걸음 내디뎌 빨래방에 도착하면 그는 세탁기에 휙 하고 티셔츠를 집어던져버린다. 가끔은 골인이고 대개는 아니다. 자신의 임무를 마쳤다는 듯 바로 선반에 가 기대어 앉는데 그 틈에 나는 얼른 바구니에 담긴 빨랫감들을 세탁기에 넣고 운전 버튼을 눌러야

한다. 그렇지 않으면 누군가 선반에 고이 접어놓은 옷이나 수건 같
은 것들을 올리버가 마구 어지럽힐 것이기 때문이다. 빨리 하지 않
으면 이 수건 모두 던져버릴 거야, 하는 무언의 눈빛을 내게 보내는
올리버.

"빨래를 끝내면 산책을 갈까?"

그는 당연히 산책을 선택한다. 입꼬리를 내리며 눈을 크게 뜨고는
내게 한번 더 대답을 요구한다.

(산책 갈 거야? 진짜지?)

집으로 돌아가는 짧은 길, 문턱이 두 개나 있지만 그는 본능적으
로 발을 들어 턱을 넘는다. 문까지 직접 열고 집에 들어오면 그의 손
바닥은 땀으로 흥건히 젖어 있다. 매 발걸음이 모험이었지만 뽀송한
비누 냄새를 온몸 가득 묻혀 돌아오는 길은 언제나 뿌듯하다.

마음의 빛

처음으로 올리버를 휠체어에 태워 시내에 나간 날이었어요. 혹여나 사람들이 그에게 해코지하지는 않을까, 올리버가 다른 사람의 시선을 불편해하지는 않을까, 혼자 걱정도 많이 했지만 오래된 성을 산책하고 맛있는 음식을 먹을 때까지 아무 일도 일어나지 않았으니 다행이라 생각하고 있었습니다. 하지만 식당에서 나가는 길, 기어코 일은 벌어지고 말았어요. 한 손으로 휠체어를 잡고 문을 열기 위해 끙끙대고 있는 내게 한 아주머니께서 다가와 문을 열어주며 말씀하셨거든요.

"고마워. 먼 나라까지 와서는."

당황한 나는 목례를 하는 둥 마는 둥 대답도 하지 못하고는 황급히 자리를 떴지만 그 순간 아주머니 뒤에 서서 조막만한 손으로 가방끈을 꼭 잡고 있던 여자아이의 눈빛을 아마 평생 잊지 못할 겁니다. 세상을 보지 못하는 아이에겐 아마 '마음의 빛'이라는 표현이 좋을까요.

집으로 돌아가는 길 오늘 마주쳤던 모든 사람들에게 괜히 부끄러워졌습니다.

"제가 감사합니다. 감사합니다……."

달을 따라 걷는 길

해가 짧아지는 겨울이 오면 밤에 산책을 나가기 쉽지 않았어요. 플래시를 가지고 나갈 수는 있지만 아이들이 다칠 위험도 크고 따뜻하게 옷을 두 겹 세 겹 입는다고 해도 면역력이 약한 아이들은 자칫하면 감기에 걸릴 수 있거든요.

올리버가 책을 읽는 데 전혀 흥미를 느끼지 못하는 날이었어요. 그래서 밖으로 나가기로 했지요. 겨울이지만 준비를 확실하게 하고 긴 외출이 아니라면 큰 문제는 없었어요. 그러니 나가기 전 목도리, 헬멧, 헬멧 위엔 털모자, 벙어리장갑까지 얼굴 외에 살갗이 보이는 모든 곳에 바람이 들어오지 않게 가려주었어요. 조금 걷다보면 덥다며 모자며 목도리를 길 여기저기에 던져버리겠지만요. 한국의 추위에 비하면 이 정도의 찬바람은 아무것도 아니지만 여전히 귀를 스치는 바람이 조금은 아렸어요.

올리버의 손을 꼭 잡은 저는 짧고 어두운 골목을 지나 산책로로 들어섰고 환한 달빛에 비치는 나뭇가지와 나뭇잎들이 조금씩 흔들리고 있었어요. 맑은 하늘 덕분에 들판의 끝까지도 볼 수 있었지요. 들판에는 젖소들이 가끔씩 있는데 울타리 근처에서 풀을 뜯고 있길래 인사도 했고요.

그렇게 저녁에 걷는 건 낮에 산책하는 기분과는 사뭇 달라요. 빛이 밝지 않으니 올리버는 저에게 더 의지하게 되지요. 아무리 달이

밝아도 눈이 좋지 않은 올리버에게는 지켜줄 누군가가 필요하거든
요. 무엇이 위험한지 위험하지 않은지 감지하지 못하는 그이기에 더
신경을 곤두세워야 했어요. 평소 산책할 때 올리버는 오른손을 제
왼손과 맞잡는데 이상하게 그날따라 손을 더 단단하게 잡는 것처럼
느껴졌어요. 눈에 보이지 않은 무언가가 굳건히 우리를 묶어주고 있
다는 생각이 들기도 했답니다.

오페라의 유령

에단이 가장 좋아하는 영화는 〈오페라의 유령〉이에요. 매일 손으로 얼굴을 반쪽 가리고는 주인공인 유령을 따라 하며 장난치곤 하고요. 아~ 하며 성악가처럼 집 안 여기저기에서 노래를 부르고 다니기도 해요. 저녁을 먹고 잠을 자기 전에 우리는 각자의 여가시간을 보내는데 에단은 그 시간 동안 거실 소파에 앉아 〈오페라의 유령〉을 자주 본답니다. 잘 시간이 훨씬 지나도 영화가 끝나지 않으면 침실로 가질 않는 에단 덕분에 집에 함께 사는 사람들은 〈오페라의 유령〉 주제곡들이 항상 귀에 맴돌았대요.

에단의 생일이었어요. 에단에게 어떤 선물을 해주어야 할까 친구들과 상의하던 도중에 누군가 영화 〈오페라의 유령〉을 재연해보면 어떻겠냐고 했어요. 제가 유령 역할을 맡아 노래하는 유령이 케이크를 손에 들고 등장하는 장면을 만들어보기로 했어요. 여느 생일파티처럼 거실 가운데 선물이 쌓였고 에단은 하루종일 들떠 있자 저는 꽤 부담스러웠어요. 핼러윈파티 때 썼던 가면을 반으로 오려 쓴 뒤 검은 망토를 두르기로 하고 며칠 정도 노래 연습을 했던 기억이 나요.

그런데 화면 속에서만 존재하던 유령이 실제로 노래를 하며 들어오니 에단은 깜짝 놀랐나봐요. 노래가 중반쯤 흐르던 무렵 에단이 갑작스럽게 울고 소리를 지르기 시작하기에 모여 있던 사람들도 저도 깜짝 놀라 에단을 달래야 했어요. 망토와 가면을 벗고 제 얼굴을 보여주니 그때서야 제 품에 안겨서 조금씩 진정되는 에단이 안쓰럽기도 하고 사랑스럽기도 했어요.

에단은 〈오페라의 유령〉을 매일 보면서도 유령이 무서웠던 거예요. 침실에 있는 스탠드를 매일 켜고 자야 하고 아침에 깨우러 가면 얼굴을 마주치자마자 와락 안겨버리는데 그런 모습들이 유령이 나타날까봐 밤새 맘 졸였던 에단의 속마음이었다는 걸 우리는 조금 늦게서야 깨닫게 되었어요. 에단, 유령은 맘속에나 있는 거야!

제임스와 작은 콘서트

금요일마다 점심을 먹기 전 한 시간 동안 우리 마을 사람들은 강당에 모여 음악을 연주하거나 노래를 했다. 이 시간을 우리는 일명 '프라이데이 콘서트'라고 불렀다. 마을에 사는 사람이라면 누구나 사람들 앞에 설 수 있었다. 연주 실력이 전문적일 필요도 없었고 능력을 뽐내는 자리도 아니었으며 클래식이어도, 팝이어도 괜찮았다. 심지어 자신의 나라에서만 유행하는, 듣는 사람들이 이해하지 못할 가사들이 한가득인 유행가를 불러도 괜찮았다. 유명한 음악가가 나서서 연주하는 콘서트는 아니지만 그 누구보다 열정적으로 사람들은 자신의 음악을 보여주었다. 리코더 하나, 반주 없는 노랫소리, 캐스터네츠, 아코디언······. 서로의 목소리와 악기의 소리를 들으며 우리는 감정을 공유하는 것뿐이다. 선율이란 그런 것이니까. 그게 음악의 힘이니까.

아일랜드 특유의 방법으로 신나게 바이올린을 켜던 농부 겸 간호사 브랜든 아저씨, 피아노를 치던 모습이 너무나 멋지던 독일 친구들, 핑거스타일로 기타를 멋스럽게 쳐내던 스테판, 아코디언을 연주하던 아드리안, 꾀꼬리 같은 목소리로 그의 옆에서 노래하던 로잔과 학교 아이들······ 그리고 이 모든 것을 이루어내는 것은 우리 마을에서 가장 오래된 봉사자인 제임스였다.

제임스는 이 마을을 처음 만든 사람이다. 음악으로 사람들에게 마음의 위안을 주는 음악치료사이기도 하다. 마을에서 열리는 대부분의 행사는 그의 손을 거쳐 이루어졌는데 그중에서도 그가 가장 중요하게 여긴 행사는 바로 매주 열리는 '프라이데이 콘서트'였다. 되도록 이 행사에 많은 사람들이 참여해주면 좋겠다는 말을 늘 그는 입에 달고 살았다.

나도 가끔 콘서트에서 노래를 했다. 내가 부른 곡들은 대개 뮤지컬 노래들이었고 노래를 할 때마다 그는 내 선곡과 목소리를 참 좋아해주었다. 그래서였는지는 몰라도 나 역시 그를 참 좋아했다. 종종 나는 늦은 밤 강당에서 피아노나 기타를 치면서 노래를 부르다가 모르는 코드가 생길 때마다 그에게 가서 귀찮게 굴었는데도 그는 늘 친절하게 알려주었다. 제임스는 그런 나를 보면 꽤히 기분이 좋다고 했다. 코드 하나 모르는 사람이 목이 터져라 기타를 치며 노래를 하는 이유가 뭔지 궁금했을 테지만 내게 굳이 묻지는 않았다. 만약 묻는다면 나는 이렇게 대답하려고 했다.

한국에서 노래방은 내가 스트레스를 푸는 중요한 장소였는데 이곳에는 노래방이 없잖아. 그래서 피아노랑 기타로 내가 반주하는 것뿐이야.

부활절. 바늘로 달걀 가운데를 뚫어 속을 모두 빼낸 후 겉을 예쁘게 색
칠했다. 달걀을 실로 연결해 천장에 주렁주렁 매달자 천장에서 달걀 나
무가 자라는 것 같았다.

창밖의 하얀 것

올리버가 집으로 가 가족과 함께 밤을 보내는 날이면 다음날 아침 식사를 차리는 사람은 저예요. 다른 봉사자들은 각자의 친구들을 깨워야 하니 다들 바쁘거든요. 보통 올리버는 아침식사가 한창일 때 도착합니다.

"나 왔어!"

하는 표정으로 제게 달려오지요.

그를 기다리며 커피를 내렸고 차를 준비했고 빵을 썰어 바구니에 담아 식탁에 올렸어요. 차로 우려낸 허브 향을 묻어버릴 만큼 진한 커피 향이 집 안 여기저기에 있는 방문 틈새로 솔솔 파고들면 사람들이 하나둘 일어나기 시작합니다. 그러곤 뮤즐리와 그래놀라를 식탁 한켠에 가져다놓고 잼과 페스토도 함께 올려놓으면 복잡하지 않은 아침식사 준비가 끝나요. 꿀이 다 떨어졌길래 창고에 가서 좀 가져올까 했어요. 우리끼리는 쇼핑이라고 부르지요. 쇼핑을 가는 길은 멀지 않아요. 빨간 대문을 열어젖히고 오십 걸음이면 다녀올 수 있거든요.

평소처럼 대문을 벌컥 열었더니 세상이 눈부시게 변해 있었어요. 평소 보던 건물들의 지붕에는 눈이 소복이 쌓여 있고 오른쪽에 펼쳐져 있는 들판은 눈에 덮여 하얗게 변해 있었어요. 꼭 바질 페스토 위에 크림치즈를 얹어놓은 것처럼요.

아일랜드에서는 눈을 보는 일이 쉽지 않다보니 아침식사가 시작되고 창밖으로 보이는 하얀 것들에 아이들은 신이 났어요. 아이들은 하얀 것들을 좋아하나봐요. 요거트도 그렇고 눈도 그렇고. 하지만 오늘은 요거트조차 인기가 없을 만큼 아이들의 시선은 창밖으로 고정되어 있어요. 행여 녹아 없어질세라 얼른 먹고 밖에 나가 놀고 싶다는 듯 손짓하더니 다 함께 설거지를 마치자마자 바깥으로 나가 잔디밭에서 뛰어놀기에 바빴답니다.

감자칩을 사러 가자

"오늘 칩스 먹을까? 내가 사 올게. 어때?"

올리버의 눈동자가 반짝반짝 빛난다.

"피시 앤 칩스? 아니면 그냥 칩스?"

뭐든지 좋다는 표정.

오늘 집에는 나와 올리버를 포함해서 다섯 명밖에 없다. 따로 거대한 상을 차리기도 귀찮아 타운에 나가 저녁식사 거리를 조금 사오기로 했다. 칩스라는 단어만 들어도 올리버의 행복지수는 상당히 올라간다. 책 잘 읽고 있을 테니 얼른 다녀오라는 손짓에 얼른 옷을 챙겨 입고 나갈 채비를 했다. 물론 집에 있는 친구들에게 올리버와 함께 있어달라는 부탁을 하는 것도 잊지 않았다.

"칩스 큰 사이즈 세 개요. 하나는 소금과 식초를 뿌린 것, 하나는 마요네즈, 다른 하나는 칩스만 주세요. 그리고 불고기 피자 중간 사이즈로 하나요."

십오 분쯤 기다린 후 따뜻한 음식들을 품고 나는 행복한 마음으로 가게를 나섰다. 아 참, 영수증을 챙겨야 한다. 가족을 위한 식사비용이니 사비를 쓰지 않아도 마을에서 제공해준다. 영수증을 집 부모에게 주면 그 돈이 다시 내게 돌아오는 시스템이다. 음식들을 조수석에 싣고는 다시 가게로 들어갔다.

"미안해요. 수기로라도 영수증 좀 적어주시겠어요? 맨날 까먹네요. 헤헤."

　우리가 자주 음식을 사 먹는 이 가게에는 영수증을 뱉어내는 기계가 없다. 고로 카드도 안 된다는 의미이다. 영수증에는 칩스 세 봉지와 피자의 가격이 간결하게 적혀 있다. 아이들이 기다리고 있을 테니까 얼른 집으로 향했다. 칩스를 감싼 종이가방 속에서 구수한 냄새가 폴폴 난다. 입에 군침이 돌아 한두 개 정도 꺼내 먹기도 했다. 이런 게 배달하는 자의 특권 아닐까.

　돌아와보니 모두가 거실에 앉아 나를 기다리고 있다. 간단한 접시와 포크, 나이프가 거실 가운데의 상에 세팅되어 있고 올리버의 컵과 접시, 스푼까지 준비해놓았으니 우리는 먹기만 하면 된다. 늘 테이블을 차리며 식사하기보다는 가끔 이렇게 간단한 식사를 하는 것도 아이들은 참 좋아했다.

초록 물결 속에서

아일랜드에는 뱀이 없대요. 빙하기 마지막쯤엔 아일랜드 주변이 이미 바다에 둘러싸여 있었기 때문에 동물들이 차가운 바다를 넘어 이사를 올 수가 없었다고 해요. 그런 이유로 딱 한 종류의 도마뱀을 제외하고 이 섬에 파충류는 살지 않아요. 그린란드, 아이슬란드, 뉴질랜드처럼 큰 섬나라에 파충류가 살지 않는 것도 바로 이런 이유고요. 하지만 우리 아이들이 믿는 이야기는 조금 달라요. 패트릭이라는 성인聖人이 악한 뱀들을 모두 물리쳐 이 나라에는 더이상 뱀이 살지 않는다는 신화 같은 이야기지요. 진짜보다 더 믿고 싶은 가짜 이야기. 우리는 그런 것들을 믿으며 살아가기도 해요.

3월 17일은 아일랜드의 공휴일이에요. 바로 아일랜드에 기독교를 전파한 '패트릭'을 기리기 위해서 천년 전부터 나라에서 제정한 국가공휴일이랍니다. 이름하여 '성패트릭 데이'. 사람들은 도로로 뛰쳐나와 초록의 물결을 만들고 각자 준비한 퍼레이드를 보여줘요. 클로버가 그려진 초록 티셔츠, 리본이 대롱대롱 달린 초록 신발과 초록 모자들. 온통 초록뿐인 나라인데 바다조차 초록이 되어버릴 것 같은 기분이에요. 이날은 아이들과 함께 퍼레이드 구경을 갔어요. 수많은 인파에 아이들의 눈은 동그래지고 신이 나 들떴습니다. 근처 상점에서 초록색 모자를 샀고 올리버의 머리에 툭 씌워줬어요. 모자를 좋아하진 않지만 오늘은 썩 마음에 드는지 던져버리지 않네요.

"올리버, 오늘 우리가 나온 이유가 뭐냐면 패트릭 알지? 옆 마을 아저씨 패트릭 말구 천사 패트릭. 뱀을 모두 물리쳐준 사람 말야. 그 사람에게 고맙다 인사하려고 우리 모두 소풍을 나온 거야. 이해해?"

(어느새 모자를 벗어 손에 들고 이리저리 휘젓는 올리버.)

"저기 도로 끝까지만 걷고 이제 돌아가자. 날씨가 좀 쌀쌀하네."

거리는 축제로 떠들썩하고 다들 무언가를 축복하고 있지만 우리가 믿는 세상은 조금 달라요. 나쁜 뱀들을 물리쳤던 패트릭 씨가 천사든 사람이든 그런 건 전혀 중요하지 않아요. 그저 우리 모두가 초록 물결 사이에서 즐거워했다는 이 장면만 기억한다면 그걸로 충분하다고 생각하거든요.

당신의 사랑 방식

우리 봉사자들은 매일 돌아가면서 야간 근무가 있어. 밤에 아이들이 별 탈 없이 자고 있는지 확인하고 비상시에 가장 먼저 달려가야 하는 일이야. 간호사들의 나이트 근무 같은 개념인데 나는 이 근무가 없는 밤이면 펍에 가 음악을 들으며 술을 마시곤 했어. 가끔 술을 진탕 마셔도 유난히 취기가 잘 오르지 않는 날이 있기도 한데 올리버가 잠에 들기 전에 간질 발작을 일으켰다거나, 겨울처럼 유난히 아픈 시기라거나, 혹은 유난히 낮에 컨디션이 좋아 괜스레 밤이 걱정이 되던 그런 날들이야.

그런 날엔 아이들을 재우고 펍에 가서 기네스 네 잔을 벌컥벌컥 연거푸 들이켜도 취기가 아니라 이유 없는 걱정들만 가득 올라오는 걸 느껴. 잘 자고 있겠지, 오늘밤엔 별일 없겠지, 혹시 전화라도 올까봐 손에 휴대폰을 꼭 쥐고서 말이야. 펍에서 누군가 연주하는 음악에 집중을 할 수도, 사람들과의 대화에 끼어 깔깔거리며 마냥 웃기도 힘들었어. 취기 없는 노곤함을 핑계로 얼른 집에 돌아가고 싶은 날. 이런 날은 맥주를 마시다가 마지막에 꼭 진토닉 한 잔을 들이켜고 돌아가야 해. 그래야 집에 도착할 쯤 취기가 올라 걱정 없이 푹 자고 다음날 새롭게 아이들과 마주할 수 있거든. 어정쩡한 취기는 밤잠을 설치게 한단 말이지.

집으로 들어가는 길에는 커튼으로 가려져 있는 올리버의 창문에 귀를 대어본다거나 살금살금 올리버 방문 앞으로 가서 미닫이문을 쓱 열고는 괜히 한번 방 안을 훑어보고 내 방으로 가곤 했어. 잘 자고 있는 모습을 보면 그때서야 좀 마음이 놓이니까. 어지러운 감정을 조금 가라앉히고 방에 들어와 침대에 털썩 누우면 가끔 입에서 나도 모르게 이상한 말이 새어나와.

"아빠 보고 싶다."

분명히 이런 마음이셨겠지. 일을 하다가도 내 새끼 눈에 밟혀 점심시간에 어린이집으로 한걸음에 달려와 확인하시던 분. 유리창으로 유심히 들여다보다가 어린이집 선생님이 아이들에게 밥을 같은 숟가락으로 한입씩 나누어주는 걸 보시고는 버럭버럭 성을 내시던.

흙먼지 날리는 공사판에서 돌아오는 길, 집에 가서 얼른 눈을 붙이고 새벽같이 나가야 한다는 생각에 오래 술은 마실 수는 없어 집 앞 편의점에 잠깐 들려 소주 한 병을 사는 거야. 빨리 취해 푹 자야 하니 종이컵 가득 소주를 채워 딱 두 번 벌컥벌컥 들이켜시고는 들어오셨을 테지.

"내 새끼 오늘은 어땠누. 학교는 잘 갔다 왔나? 아부지 왔는데 좀 한번 봐줘라, 짜샤."

"아유 놔둬요. 애 자잖아."

그때 '아빠 학교 잘 갔다 왔어요. 숙제도 했고 축구도 하고 왔는걸요' 하고 대답해드릴 걸 그랬어. 그도 싫으면 한 번쯤은 돌아봐드릴 걸 그랬어. 어렸던 나는 술냄새, 담배 냄새와 땀냄새가 마구 섞인 아버지의 체취가 싫었던 걸까.

사랑을 받은 사람이 사랑을 주는 방법도 안다고 아버지가 나에게 주는 사랑의 방식은 이해할 수 없는 부분이 많았어. 하지만 시간이 흐르면서 우리의 말다툼은 조금씩 잦아든 것 같아. 적어도 나는 그렇게 생각해. 나는 정말 과분하게 많이 받고 자란 것 같아. 충분히 주위 사람들에게 돌려줄 수 있을 만큼.

어느 날엔 횡단보도에서 신호가 바뀌길 기다리고 있었는데 어디선가 통닭 냄새가 나는 거야. 우리 아버지 나이대로 보이는 아저씨가 시골통닭을 봉지에 담아 들고 계셨어. 어딘가에서 약주를 한잔하신 것처럼 온몸에 힘은 없어 보이셨는데 통닭을 쥐고 있는 손만큼은 손등에 핏줄이 설 만큼 꽉 힘이 들어가 있었지. 눈을 반쯤 뜨고 전신주에 기대어 계시다가 초록불이 되니까 아저씨가 들릴락 말락 작은 소리로 중얼거리시면서 앞으로 나아가셨어.

"가자! 가야지…… 가야지……."

눈시울이 벌게져서 길에서 한참을 서 있었어.

나는 통닭을 좋아해. 언젠가 내 어릴 적 기억에 우리 아버지가 모래먼지 냄새가 뽀얗게 묻어 있는 작업복과 안전화를 신발장에 벗어 놓으면서 통닭을 가지고 들어오시던 모습이 기억이 났어. 아버지랑 크게 다툰 후에 속도 상하고 해서 오랜만에 엄청나게 취한 날이었는데 그 와중에 신호등에 기댄 아저씨의 모습을 봐서 그런지 여운이 크게 남았어. 머리가 깨질 듯이 아파서 그런 건지 눈물도 나는 것 같아. 참.

달은 해가 빛나는 만큼 밝지.

나는 달처럼 환하게 살아갈 자신이 막 들어. 무지막지하게 뜨거운 누군가가 나를 든든하게 내리쬐고 있으니까 말이야.

옥수수는 삶아먹어야 해

요리를 하고 있는데 마이클이 먼발치서 신나게 달려오고 있다. 오늘 수확한 옥수수가 가득 담긴 손수레를 밀며 달려오는데 마치 밭 하나를 통째로 가져오는 듯 수염 달린 초록 물체가 한가득이다. 나는 옥수수를 보자마자 콘치즈가 떠올랐다. 횟집이나 호프집에 가면 녹인 치즈와 마요네즈를 섞어 제공되는 콘치즈. 콘치즈를 만들려면 옥수수 알갱이를 분리해야 하는데……. 나는 옥수수 껍질을 벗겨서 어떻게 요리해야 할까 오랫동안 고민하지 않았다. 어차피 딱딱한 알갱이들을 하나하나 떼어낼 수가 없었기 때문이다. 그래서 생각해낸 방법이 칼로 옥수수의 단면들을 잘라내는 것. 힘이 좀 필요했지만 시간이 오래 걸리지는 않았다. 잘라낸 옥수수를 사각 그릇에 담은 후 기름을 두르고는 가득 쌓인 옥수수 알갱이들 위에 가루 낸 치즈를 덮어 오븐에 넣었다. 나름대로 흐뭇했지만 시간이 갈수록 불안감이 엄습해왔고 요리가 다 된 후 노아에게 한입 맛보게 했지만 표정이 영 아니었다. 무언가 잘못되었나 싶어 설탕을 좀 뿌렸지만 나아질 기미가 보이지 않았다.

오늘의 점심 메뉴가 궁금해서 아침 일과 도중 부엌에 잠시 들른 집 아빠의 표정엔 실망이 역력했다.

"우리는 옥수수를 이렇게 요리하지 않아. 옥수수는 쪄먹는 게 가장 맛있다구."

　나는 녹은 치즈를 모두 덜어내고 옥수수 알갱이들을 큰 프라이팬으로 옮겨 볶아냈지만 그날 점심 메뉴에 사람들은 별 흥미를 느끼지 못했다.

　다음날도 그다음날도 옥수수는 계속 배달되었다. 어제 집 아빠가 내게 했던 말처럼 단순히 옥수수를 반으로 쪼개어 삶아 식탁에 내어놓았더니 어느 누구 하나 싫어하는 사람이 없었다. 앞니를 드러내 한입 먹으면 단맛이 쭉 퍼지면서 그 식감이 참 쫀득한 옥수수인데 알갱이를 하나하나 덜어내어 요리하던 내 모습이란. 옥수수를 손에 들고 스스로 먹는 모습들이 정말이지 즐거워 보였다. 나는 옥수수 요리의 맛뿐만 아니라 딱 이 계절, 여름이 끝나고 가을에 접어드는 이 시기에만 경험할 수 있는 즐거움을 빼앗았던 것이었다. 사람들에게 미안한 마음을 숨기며 나도 오도독오도독 옥수수를 갉아먹었다.

배를 만진다는 것

함께 퍼즐을 맞추고 숲으로 소풍을 가고 맛있는 요리를 해 먹을 수 있다는 것. 그런 사실만으로도 저에겐 하루하루가 행복하고 즐거울 수 있는 이유였어요. 아이들의 행복은 곧 우리 봉사자들의 행복이고 또 우리의 행복이 아이들의 행복이라는 생각을 가지고 생활하다보니 '너와 나'보다는 '우리'라는 단어가 입에 붙어버렸지요. 우리는 가족이었어요. 눈에 보이지 않는 것들이 우리를 단단하게 묶어주고 있었고요.

하지만 가끔, 아주 가끔은 저에게도 힘에 부치는 순간들이 있었어요. 돌보는 친구가 오랫동안 아프다거나 아무리 어르고 달래도 도통 웃지도 않고 하루종일 모진 행동만 보여준다든지 하는 시간들이요. 정말이지 누군가를 24시간 돌본다는 것은 쉬운 일만은 아니거든요. 아이들만 바라보며 무작정 살아가던 저도 그런 순간을 마주하면 가끔 고장이 났어요. 하지만 어깨가 축 처진 저를 다시 일으켜주던 것은 다름 아닌 친구들이었다는 게 참 아이러니하지요.

올리버와 함께 시간을 보내던 어느 주말, 올리버의 기분이 하루종일 좋지 않았어요. 산책도 다녀오고 깨끗하게 목욕도 하고 좋아하는 차를 타고 드라이브도 다녀왔지만 올리버는 잠이 들 무렵까지 기분이 나아지지 않았나봐요. 저를 물고 때리고 물건을 다 던져버리기에 머릿속엔 올리버가 잠이 들면 바로 내 방으로 가서 뻗어버려야겠다는 생각뿐이었네요. 올리버는 그런 제 감정을 느꼈던 걸까요. 평소처럼 재우기 직전에, 오늘 있었던 일과 내일 우리가 해야 할 일들을 이야기해주고 방문을 나서려는데 올리버가 저를 부르더니 배를 쓱 쓰다듬는 거예요.

(오늘 내가 미안해.)

배를 쓰다듬는 건 미안하다라는 우리끼리의 수화이거든요. 발걸음을 멈추고 뒤로 돌아서 나도 미안해, 하며 안아주고는 불을 끄고 방을 급하게 나와 문 앞에 서서 엉엉 울어버렸어요.

나를 알아주던 친구가 참 고마웠고 감정을 들켜버린 제가 부끄러웠어요. 당신을 도와주려 애쓰는 사람은 나인데 정작 언제나 치유받고 돌아서는 사람은 저였던 거예요. 너는 내게 기적 같은 매일을 선물해주고 살아가는 원동력을 가질 수 있게 만들어주는 사람이구나. 너는 나를 그렇게나 이해할 수 있었구나, 그래서 우리는 만날 수밖에 없었구나. 그날밤은 쉽게 잠들지 못했던 것 같아요. 미안하다는 올리버의 손짓이 눈에 아른거려 오던 잠도 달아나버린 그런 날이었어요.

도도가 사라졌다

집에는 고양이가 세 마리 있어요. 새까만 고양이, 베이지색 고양이, 흰색과 검은색 줄무늬를 가진 고양이. 그렇게 셋. 그중에 베이지색의 털을 가진 고양이가 가장 나이가 많았고 이름은 '도도'예요. 집 아빠가 데리고 온 유기묘인데 키우다보니 십 년이 훌쩍 지나버렸다고 했어요.

그러던 어느 날 도도가 조금 이상했어요. 아침에 사료도 먹지 않고 소파에 누워 꼼짝도 하질 않았거든요. 심지어 숨소리도 너무 얕고 장난치려 하지도 않았어요. 급히 운전을 해서 큰 도시의 동물병원에 갔지만 이미 도도는 숨을 멈춘 뒤였어요. 돌아오는 길에 도도의 죽음에 대해서 아이들에게 어떻게 설명을 해주어야 하나 걱정이되어 집 아빠와 이런저런 이야기를 나누었어요.

집에 돌아온 우리는 아이들에게 잠을 자러 갈 때 하는 수화로 말했어요.

(양손으로 얼굴에 고양이 수염을 그린 뒤 손을 포개고 머리를 손등에 기댄다.)

"고양이가 깊은 잠 자러 갔어."

아이들과 함께 도도를 언덕 뒤편에 묻어두고 돌아오니 기분이 조금 이상했어요. 아침마다 3인분씩 준비하던 고양이 사료를 이젠 두 그릇만 줘도 될 테고, 언제나 몸을 숨기던 따뜻한 냉장고 위엔 더이상 도도가 없을 테고, 기타를 치려고 소파에 앉으면 머리를 내 허벅지 밑으로 파묻지도 않고, 가끔 열려 있는 제 방 창문 틈으로 몰래 들어와 침대에서 자고 있을 도도가 없을 테니 말이에요. 좋은 곳으로 갔겠지요, 도도는.

십 년이 넘게 아이들을 돌봐온 도도에게 고맙다고 마지막 인사를 건넸어요. 이제 편히 쉬라고요. 분명 아이들을 두고 떠나는 도도의 마음이 편하지만은 않았을 테니까요. 떠나간 도도가 보고 싶었는지 얼마 동안 아이들은 산책길에 자주 언덕을 힐끔 뒤돌아보곤 했습니다.

비 오는 날

비를 무척이나 싫어하는 저였지만 어쩐 일인지 그곳에서 내리는 비가 그렇게나 싫지는 않았네요. 아이들과 산책을 하다가도 비가 내리면 당연하다는 듯 후드를 툭 뒤집어쓰면 되었고 밭에서 돌아오는 길. 어차피 흙 묻은 바지의 밑단이라면 비에 흠뻑 젖어버려도 그냥 빨래통에 툭 던져버리면 그만이었거든요. 또 비 오는 날에 마을 전체에 진동하던 흙, 나무, 풀 냄새가 참 좋았어요.

제가 살던 방은 파란 양철지붕 바로 아래에 있었어요. 잠귀가 밝은 편이어서 자다가 빗소리가 후두둑 지붕을 때리는 날이면 빗소리에 종종 잠에서 깨곤 했지요. 그럴 때면 침대에서 일어나 주방으로 가서 혼자 차를 내려 마셨어요. 아무도 없는 주방 문을 열고 어두운 불을 켜면 밤새도록 주방에 갇힌 온기가 느껴져요. 우리 집의 오븐인 아가 덕분이에요. 조용한 주방에는 아가의 연료 타는 소리와 창밖에서 바람이 부는 소리가 들렸는데 그런 분위기에 잠긴 제 모습도 참 좋았어요. 차를 마시다 괜히 한국에 전화나 해볼까 수화기를 들었다 놨다 하던 새벽들은 괜히 고향을 생각하게 만들었고 책이나 읽어볼까 하며 몇 페이지 넘기던 책장은 어느 새 마지막 장을 향해서 달려가고 있었으니까요. 몇 시간 뒤의 아침은 이대로 어둡거나 혹은 거짓말처럼 밝은 해가 비출 테지만 이렇게나 평온한 새벽을 즐기는 건 언제나 좋은 하루를 알리는 신호였어요. 점심식사로 아이들에게 해줄 요리를 조금 준비해놓는다든가 아이들이 잘 자는지 괜히 방문 앞을 기웃거려본다든가, 대문은 잘 잠겨 있는지, 아침에 아이들이 먹어야 할 약은 잘 준비되어 있는지. 찻잔을 들고 괜히 집 안 여기저기를 헤집고 돌아다니기도 했거든요. 또 이렇게 새벽에 혼자 돌아다니며 하루를 조금 일찍 준비하다보면 그날의 아침을 느긋하게 보낼 수 있었어요.

저는 비를 싫어하지만, 이른 새벽을 뜬눈으로 보낸 날이면 온종일 비가 내리고 해가 뜨지 않아도 괜찮았어요. 아침을 보내고 저녁이 되어 눈을 감을 때까지도 제 마음이 새벽을 맴돌아서 순간순간이 황홀했으니까요.

쉬는 날에는 친구의 방에서 종종 우쿨렐레를 쳤다. 비틀즈의 〈헤이 주드〉를 처음으로 연주해본 날.

달려라 달려

여름의 해는 정말 길어서 하루종일 해가 진 모습을 보지 못하는 경우도 많았다. 빛이 환한 저녁에 잠드는 여름밤, 잠에서 깨면 다시 해가 쨍한 아침이었으니까. 어느 여름날 새벽 다섯시부터 커튼을 비집고 들어오는 햇살에 잠에서 일찍 깨면 나는 러닝화를 신고 바람막이 재킷을 챙겨 입었다. 문을 열고 밖으로 나가면 젖은 냄새가 확 밀려온다. 조금 더 깊게 숨을 들이마셨다. 그러곤 내가 좋아하는 장소를 향해 달린다.

마을에서 조금 벗어나 오르막길을 오르면 정말 끝이 있을까 의문이 드는 보리밭이 있다. 지평선은 왼쪽에서 오른쪽으로 떨어지는 완만한 곡선을 그렸고 세상 모든 것들을 품을 것만 같은 넓은 들판에 띄엄띄엄 나이 많은 나무들도 자리를 지키고 서 있었다. 하늘에 띄운 연처럼 이리저리 흔들리는 모습이 내게 아침 인사를 건네는 것처럼 느껴지기도 했다. 아침에 달릴 때는 밤새 눌려 있던 공기와 이슬의 냄새들이 발아래에서 치고 올라온다. 오늘도 힘내! 하면서 내 어깨를 들썩거리게 만드는 공기. 축축한 공기가 콧속을 적시면서 기도를 타고 내려가다가는 이내 몸 구석구석에서 빠져나오려 안간힘을 쓴다. 아침을 깨우는 자연에 젖다보면 눈물인지 땀인지 알 수 없는 무언가가 볼을 타고 주르륵 흐르기도 했다.

해가 긴 여름에는 저녁에 이어 뛰기도 했다. 아이들을 재우고 나면 해가 지기까지 한 시간 정도 시간이 있는데 그때 들판 풍경이 또 걸작이기 때문이다. 다시 오르막길을 올라 구부렁한 길을 뛰어 오르면 이번에는 내 키만큼 자란 덤불 너머로 들판을 볼 수 있었다. 들판 위에는 구름 사이사이를 헤치며 빛이 쏟아졌다. 꼭 하늘에서 보내는 천사처럼, 아침마다 커튼 사이로 나를 깨우는 햇빛과 닮아 보였다. 세상 여기저기에 저녁 인사들이 쏟아지는 장면을 보기 위해 달리기는 뒷전으로 하고 뒤꿈치를 들어 멍하니 쳐다보다 돌아오던 날들. 나무 아래, 뿌리 아래 그리고 내 발아래로 빛은 숨어버리고 공기가 무거워지는 걸 느끼면서 나는 집으로 다시 돌아오곤 했다. 뛰는 심장을 부여잡고 어둠을 뒤로한 채 집으로 돌아오는 길은 한 치 앞도 보이지 않아 위험했지만 무리는 없었다. 심장 소리가 내가 살아 있음을 느끼게 해주어서, 달려갈 때마다 내가 사랑하는 그곳은 매일같이 적절한 답을 들려주어서, 나의 뜀박질은 언제나 옳았다.

활엽수

뾰족하고 날카롭게 살긴 싫어서. 하늘을 향해 입만 뻐쭉 내미는 내가 싫으니까. 둥글고 넓게 살아가고 싶어서 이렇다. 가끔 낙엽이 되어 떨어지거나 혹은 오래도록 푸르기만 할 계절도 있을 테지만 크게 신경쓸 일은 아니다. 자연이란 무릇 그런 것이고 나 또한 자연의 일부임을 알기에.

계절로 태어나라 하면 여름,
색깔로는 초록,
나무로는 라임 나무.
섬이라면 제주,
보석이라면 에메랄드,
별이라면 지구.

나는 그렇게 살고 싶다.
활엽수처럼.

미리 겪은 사람들을 위한 선물

지나가던 차가 고여 있는 물웅덩이를 밟아 갈색 면바지에 검은 얼룩이 생긴 이후로 노아는 비 오는 날이면 최대한 길 안쪽으로 걸어 다닙니다. 에단은 스탠드를 끄고 자다가 가위에 눌린 이후부터 스탠드를 끄지 않고 자구요. 또 올리버는 모서리에 넘어져 눈두덩이를 심하게 다친 이후로 주방 문턱을 넘을 때면 걸음걸이가 조심스러워졌습니다.

어떤 경험을 하고 나면 그다음에 예상되는 상황들을 준비하거나 대처할 수 있는 '능력'을 얻는 것 같아요. 아파했거나 눈물 흘린 사람들이 그 '능력'을 얻어서 다시는 똑같은 일로 울지 않게끔, 미리 겪은 사람들에게만 주어지는 선물인 거죠.

경험에서 비롯되는 지혜에 대해서 그다지 믿지 않았어요. 나이가 어리고 부족한 경험에도 불구하고 배울 점이 많고 생각이 깊은 사람들도 있다고 생각하며 살았으니까요. 하지만 대부분의 사람들은 그렇게 배워가는가봐요. 직접 경험한 기억들은 잊기가 힘들잖아요.

매년 봉사자들은 떠나요. 그리고 다시 새로운 봉사자들이 그 자리를 메꾸지요. 그러는 와중에 아이들의 마음은 많이 아팠나봐요. 새로운 사람과 만나고 그 사람에게 내 모든 것을 보여주려 하면 봉사자는 떠나버리는 상황. 정을 주면 떠나버리는 상황의 반복이 아이들로 하여금 마음의 문을 걸어 잠그도록 만들어버렸어요. 그러니 새로운 사람이 오면 시험 아닌 시험을 해보는 거구요.

내 곁을 지켜주는 이 사람이 좋은 사람이라 생각이 들면, 다시 속 아보자는 생각에 서서히 마음을 열기 시작할 테지만 쉽게 내키는 상황은 아니었을 거예요. 어떻게 할까요, 이 상황을. 언젠가 이별이 다가오는 상황을 알면서도 나의 곁을 지켜주는 새로운 봉사자와 새로운 사랑에 빠져야 한다는 사실이 아이들에겐 얼마나 힘들었을지 저는 다 이해할 수 없을 거예요.

그들에게 상처를 주게 될 거라는 것을 알면서도 그 곁을 지키고 있었던 우리는 과연 그들에게 사랑받을 가치가 있는 사람들이었을까요?

아마 아이들이 가진 '능력'은 다시는 상처받고 싶지 않은 마음에서 비롯된 슬픈 일이었을 거예요.

겟세마네의 의미

에단과 시간을 보내는 날이면 우린 음악을 들었어요. 대부분 뮤지컬 음악들이었지요. 오랜만에 〈겟세마네*〉를 들었고 늘 그렇듯 종교는 없지만 이 노래를 들을 때마다 저는 조금 숙연해집니다. 그러면서 자주 그를 쳐다보며 생각했지요. 에단은 이 노래에 담긴 의미를 알까?

흔들리는 맘, 지쳐버린 몸, 지나간 시간이 마치 영원같이 느껴지네…….

신을 향해 소리치는 누군가의 절규를 그는 알고 있었던 걸까요. 언제나 흥분에 가득찬 그가 노래를 들을 때면 소파에 차분히 앉아 음악이 끝날 때까지 화면에서 눈을 떼지 못했거든요. 기분 탓인지 〈겟세마네〉를 들을 때마다 꼭 비가 왔는데 창밖의 검은 하늘을 쳐다보는 에단을 바라보고 있으면 가끔 그가 예수의 환생이 아닐까 하는 말도 안 되는 상상도 해보았어요. 물론 그가 만약 신이었다면 제 방 침대에서 방방 뛰며 저를 깨우거나 제 등에 업혀서 말타기놀이를 하진 않았겠지만요.

---

* 〈겟세마네Gethsemane〉는 뮤지컬 〈지저스 크라이스트 슈퍼스타〉의 대표곡으로 죽음을 앞둔 예수가 인간으로서 고통과 번뇌를 느끼며 부르는 노래이다.

Wolfgang Amadeus Mozart

SONATEN
von
W. A. MOZART.

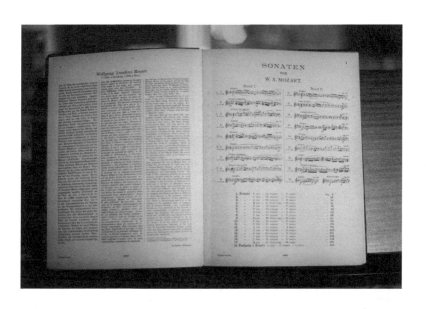

완벽한 날들

우주가 무수히 많은 곳에서 무수히 많은 방식으로 아름다운 건
얼마나 경이로운 일인가.

— 메리 올리버, 『완벽한 날들』 중에서

인생의 모든 날들이 완벽할 수는 없지만 하루 정도는 모든 것이
내가 원하는 대로 흐르기를 바란다. 감사하게도 나에겐 대부분의 날
들이 그러했다.

완벽한 하루를 만들기 위한 나만의 조건

1. 눈 뜨자마자 갓 갈아 내린 커피를 마신다.

2. 내가 아닌 다른 존재의 숨소리를 들어야 한다.

3. 온전히 집중할 수 있는 일이 하나쯤은 있어야 한다. 일, 사랑, 책
   같은 것들.

4. 베개에 머리를 얹기만 해도 잠을 잘 수 있을 만큼 '3'에 에너지를
   쏟는다.

5. 좋은 침대에서 잠을 청한다.

나의 하루는 대개 완벽했다. 커피를 내려 마시는 일은 하루 시작
의 필수코스였으니 걱정하지 않아도 괜찮았다. 내가 돌보는 아이들

과 눈을 마주하며 이야기하고, 함께 노래했다. 무릎에 누워 낮잠 자
는 친구를 행여 깨울까 삼십 분 동안 꼼짝 않던 내 모습까지…….
언제나 그들의 숨소리를 듣는 것은 행복이었으며 온전히 잠이 들기
전까지 나는 그들에게 집중했다. 침대에 눕자마자 잠드는 날들이 허
다했고 내가 자는 침대는 우리 집에서 가장 좋고 넓은 매트리스였
다. 나의 시간들은 하루하루 완벽한 날들이었다.

라자냐 요리사

노아의 토마토캔 따기 실력은 수준급이다. 물론 캔 뚜껑 위에 납작하게 붙어 있는 동그란 고리는 내가 올려줘야 하지만 이후 캔을 열고 냄비에 붓는 것부터 물로 캔을 헹군 뒤 분리수거를 하기까지 그는 막힘없이 척척 해냈다. 13인분의 빨간 소스를 만들기 위해 토마토캔 여섯 개를 딴 노아는 피곤하다는 표정으로 의자에 앉아버렸다. 그리고 창밖을 바라보면서 쉬는 시간을 기다렸다.

냄비에서 토마토와 야채들이 보글보글 끓어오르는 동안 나는 마늘크림소스를 만든다. '미스터킴'의 라자냐 특제 소스에는 토마토소스와 마늘크림소스가 함께 사용되기 때문이다. 빠르게 마늘과 파를 다져 올리브유에 볶고 버터와 밀가루, 우유를 섞어 맛있는 걸쭉한 루roux를 만들면 사실 요리의 반은 끝난 것이나 다름없다. 직사각형의 라자냐용 파스타를 나는 세 겹으로 깔아 요리했다. 오븐 용기 바닥에는 먼저 올리브유와 소스 두 종류를 펴 바르고 파스타를 3층으로 쌓으면서 사이사이 소스가 잘 스며들게 한다. 한 층을 쌓고 다시 소스 두 가지, 다시 반복. 이렇게 세 번을 반복하고는 가장 위에 치즈를 갈아 뿌려준 뒤 할라페뇨나 불고기를 토핑으로 얹어 아가에 넣어주면 라자냐 만들기는 끝났다. 처음엔 아가의 온도를 몰라 중간중간 열어봐야 했지만 나중에는 대충 언제 꺼내야 하는지 감으로 알게 되었다. 노아가 좋아하는 노래를 세 곡 정도 부르면 아가에서 라자냐를 꺼낼 시간이다. 잘 녹은 치즈 사이 숨은 토핑들을 찾아가며 라자냐를 먹는 재미란!

어느 날부터 이 집에는 목요일마다 라자냐를 먹는다는 괴상한 규칙이 생겼고, 집에 사는 사람들은 모두 이 말도 안 되는 규칙에 싱글벙글 따랐다. 그래서인지 목요일 아침이면 사람들은 들뜬 표정으로 아침식사를 했다. 그리고는 각자의 일터로 나가기 전에 꼭 한마디씩 거들곤 했는데 대부분 라자냐에 관한 오늘의 의견이었다.

"오늘 토핑은 브로콜리로 하자. 오늘은 브로콜리 수확하는 날이란 말야. 좀 이따 밭에서 배달해줄게. 오케이?"

"나 오늘 병원에 가는 날인데 점심 꼭 남겨놔야 해. 다녀와서 먹게. 네 조각이면 충분하겠다. 할라페뇨 없는 부분으로!"

이렇게 다양한 요구사항들에도 불구하고 언제나 공통적으로 수렴되는 의견이 있다면 라자냐는 콘샐러드와 함께 준비해달라는 것이었다. 콘샐러드라 불리는 초록색 채소를 얹어 라자냐를 먹으면 정말 감칠맛이 났다. 샐러드 드레싱은 언제나 올리브유와 다진 마늘, 발사믹식초, 간장, 꿀, 허브(보통 바질)를 섞어 만들었고 모두 이 조합에 만족해했다. 그렇게 라자냐를 먹고 난 목요일 오후엔 모두들 배를 두드리며 소파에 드러누워 쉬었다. 어느 날은 나의 라자냐에 대

해 정말 궁금해하던 옆집 친구들이 모두 우리 집에서 점심을 먹겠다
기에 오븐용기로 여덟 판을 만들게 되었고 그때부터 나의 라자냐는
마을에서 유명해졌다.

사랑이 가득한 바람

『체 게바라 평전』은 내가 이곳에 와 처음으로 읽은 원서였다. 거실의 높은 선반에 위치해 있는 빨간 표지의 책. 영어로 책을 읽는 것에 자신 없었지만 그래도 도전해보기로 했다. 확실히 익숙하지 않은 언어로 된 책이라 그런지 상당히 오랜 시간이 걸렸다. 아이들을 재우고 조금, 점심을 먹고 조금. 결국 나는 한 달에 걸쳐 그 책을 다 읽을 수 있었다.

의사라는 직업을 포기하고 딸과 부인을 뒤로한 채 쿠바로 떠나는 체 게바라의 모습을 그려보았다. 누군가 내게 해주었던 말이 기억났다. 조금씩 어른이 되어가다보면 평전을 찾게 되는 일이 많아질 것이라는 말. 그때는 공감하지 못했던 사실이 갈수록 나에게 입체적으로 다가왔다.

어릴 적 나는 영웅전을 자주 읽었다. 멋진 영웅들이 적들을 무찌르는 장면을 보며 쾌감을 느꼈다. 그래서인지 평전과 자주 읽던 영웅전 사이의 묘한 차이점이 나에겐 크게 느껴졌다. 영웅전은 업적이나 행동을 중심으로, 평전은 인간 자체를 중심으로 다루기에 전자가 손에 쥐어진 검에 초점을 맞춘다면 후자는 검을 쥔 손에 더 관심이 모아진다.

평전을 읽는다는 것은 누군가의 궤적을 좇아 여행을 떠나는 일이다. 이것은 사실 나만의 철학을 완성해나가려는 노력의 일환이기에 요즘은 사람들과 대화를 나눌 때에도 평전을 읽을 때와 비슷한 느낌을 받는다. 서로 다른 삶을 살아온 사람들이 마주앉아 그들이 겪었던 일들, 굳이 무엇인가를 선택한 계기 같은 것들에 관하여 대화를 나누다보면 나의 삶에 대해 한번 더 생각해보게 된다. 그런 과정이 진정 '나만의 나'를 만들어가는 조각의 과정이 아닐까 싶다. '타인'의 옆모습이 우리의 목표가 되기도 하고 자극이 되기도 하니까.

체 게바라는 말했다.

바보 같아 보일 수 있으나 진짜 혁명가는 위대한 사랑에 의해 만들어진다. 인간에 대한 사랑, 정의에 대한 사랑, 진실에 대한 사랑. 사랑이 없는 진짜 혁명가를 상상하는 것은 불가능하다.

체 게바라처럼 나도 멋진 사람이 될 수 있을까. 이곳에 있는 내게도 조용하지만 사랑이 가득한 혁명이 일고 있는데. 그럼 나도 이제부터 혁명가다!

크루아상 만들기

　옆집의 봉사자가 크루아상이라는 빵을 굽는데 그 과정을 찬찬히 지켜보고 있자니 나도 한번 해볼 수 있겠다는 생각이 들었어요. 또, 사람들이 크루아상 안에 버터와 잼을 발라 먹는데 다들 너무 좋아하더라구요. 무슨 맛인지 궁금해 저도 한입 먹어봤는데 겉은 바삭하고 속은 버터 향이 배어 있는 이 빵에 반해버렸어요.

　"어떻게 만드는 거야? 나도 가르쳐줘!"

　"나 토요일 저녁마다 만들 거야. 일요일 아침식사를 위해서 만드는 빵이니까 보고 싶으면 토요일 저녁에 와."

　친구는 토요일 저녁마다 반죽을 숙성시켰어요. 밤새 숙성시킨 반죽을 구워내야 맛있고 신선한 크루아상을 만들 수 있대요. 일요일엔 평일보다 한 시간 늦은 아침을 먹었기 때문에 준비할 시간이 충분해서 조금만 일찍 일어나면 크루아상이 가득 올려진 아침상을 차릴 수 있다고 했어요. 내가 만든 크루아상을 사람들이 맛있게 먹는 상상을 하면서 저는 레시피를 열심히 받아적었습니다.

　빵을 만들겠다고 생각한 건 처음이라 반죽부터 굽기까지 결코 쉬운 일이 없었어요. 하나하나 기억하려 했지만 직접 만들어보니 글로 받아적은 것과는 많이 달랐거든요. 두 번의 실패를 거쳐서야 비로소 크루아상에 가까운 빵을 만들 수 있었답니다.

　크루아상 고유의 맛을 내기 위해선 정확한 계량과 레시피도 중요했지만 충분한 시간을 반죽에 투자하는 게 중요했어요. 처음 크루아상을 시도했을 땐 친구의 경고를 무시한 채 당일 아침 급하게 반죽을 만들다가 전혀 식감이 살아나지 않았거든요. 그저 버터 향 가득한 밀가루를 익혀 먹는 느낌이었어요. 반죽 위에 버터를 얹고 밀대로 밀어주면서 꼭 종이접기를 하듯 반죽을 펴주는 과정, 버터가 녹지 않고 얇게 펴질 수 있게 반죽이 따뜻해지면 냉장고에 넣어 버터를 굳히기를 여러 번 반복하는 과정까지, 시간과 정성이 담긴 반죽은 크루아상 만들기에 가장 중요한 요소였어요. 두번째 도전에는 아쉽게도 온도 조절에 실패해서 모두 태워먹었고 마지막 세번째에야 비로소 성공할 수 있었지요.

에단은 초코잼을 발라 세 조각이나 먹었어요. 식사를 마치고 남은 크루아상은 주방에 두었는데 도리스는 주방을 지날 때마다 손에 한 조각씩 쥐고 나왔고 금세 한 조각도 남지 않게 되었지요. 사실 두 번 실패하는 동안 사람들에게 제가 크루아상을 만든다는 이야기를 하지 않았거든요. 모두에게 깜짝 선물로 크루아상을 내놓고 싶었는데 만들 때마다 실패해서 말하기조차 부끄러웠어요. 새까맣고 텁텁한 크루아상을 손에 쥔 채 울상 짓고 싶지는 않았거든요. 빵 굽기는 성공적으로 마쳤지만 다음부턴 빵집에 가서 사 먹는 것도 나쁘지 않을 것 같아요.

해 보러 가기

새벽 네시가 되었으니 얼른 일어나서 올리버를 깨워야 해요. 어젯밤 휠체어며, 비상약들이며 올리버가 외출할 때 필요한 준비물들을 모두 챙겨두었으니 그를 일으켜 차에 태우는 일만 남았어요. 그의 침실로 가 오늘 일찍 일어나야 하는 이유를 설명해줘야 해서 난 다른 사람들보다 조금 더 서둘러 일어났습니다. 올리버는 분명 눈을 비비며 싫다고 말할 테지만 그래도 가야지 어쩌겠어요. 오늘은 일 년에 한 번, 마을 사람들 모두가 모여 트랙터와 버스를 타고 언덕에 올라 해를 보는 날이니까요.

올리버를 깨워 밖으로 나와보니 이미 마을 입구에는 트랙터가 줄줄이 서 있어요. 사람들은 트랙터의 뒤꽁무니에 연결된 트레일러에 옹기종기 둘러앉아 이동하지요.

올리버와 몇몇 친구들은 추위에 약하니 따로 미니버스에 타고 나는 트랙터가 끌고 가는 짐칸에 탑니다. 올리버가 잘 있나 건너편에 버스를 보니 아직 잠이 덜 깼는지 얌전하게 가고 있어서 마음이 좀 놓였어요. 올리버의 십오 년 지기 친구이자 봉사자인 미카엘이 그의 옆에 앉아 있으니 불안해하지 않을 거라고 생각해봅니다.

얼마나 더 가야 하는지 모르겠습니다. 이십 분이면 도착한다고 했지만 아마 사십 분 정도 걸릴 거예요. 군대에서 새벽 훈련 나갈 때만큼 춥습니다.

한 시간 정도 갔을 때 미니버스는 이미 도착해 있었고 먼저 도착한 사람들이 우리들을 기다리고 있었어요. 하늘은 조금씩 밝아왔지만 구름 낀 하늘이라 해를 볼 수 있을지 의문이었고 해를 보러 언덕까지 올라가는 길은 밤새 내린 비에 축축이 젖어 있었습니다. 올리버를 데리고 이렇게나 길고 질퍽한 길을 걸어올라갈 수 없을 것 같아 휠체어에 태워 언덕까지 올라갔어요. 완만하고 가파르기를 반복하는 경사들을 지나 마지막 언덕을 오르니 드디어 넓은 잔디밭이 나왔지요. 땀을 뻘뻘 흘리고 있는 저에게 미카엘이 다가와 말했어요.

"올리버를 내가 잠깐 돌볼게. 조금 쉬고 아침도 먹고 오렴."

저는 지쳐서 그대로 잔디에 드러누워버렸어요. 고개를 돌려보니 구름 사이로 해가 잠깐 빛났는데 그때 멀리서 미카엘과 산책하는 올리버를 보면서 기분이 참 좋았답니다. 올리버는 다섯 살 때부터 우리 마을에 살았다고 했으니 열다섯 번 이 언덕을 올랐겠지요. 그때마다 다른 사람과 올라와 해를 보면서 그는 어떤 생각을 했을까요. 일 년이 지나 다음해에도 나는 그를 데리고 이 언덕을 오를 수 있을까요.

그들의 신발장

올리버와 노아, 에단이 집에서 공통적으로 신는 슬리퍼가 있다. 앞코가 둥근 털실내화인데 영국에서만 살 수 있는 슬리퍼라 영국이 집인 미카엘이 종종 사 오곤 했다. 그래서 아이들은 각자 다른 색깔의 슬리퍼를 가지고 있었다. 파란색의 슬리퍼는 노아, 초록색은 올리버, 주황색은 에단의 것이었다. 모두 같은 색깔의 신발을 가지고 있으면 또 니 것 내 것 하며 싸울 것이 뻔하기에 각자 다른 색을 선택해준 집 아빠의 세심한 배려가 묻어 있었다.

슬리퍼에 발끝을 집어넣고 신발 뒤축을 위로 잡아당기면 발이 쏙 들어갔다. 외투를 걸어놓고 신발을 갈아 신는 부츠 룸에서 언제나 아이들은 신발을 갈아 신었는데 봉사자들에겐 전쟁터나 다름없었다. 잠시라도 한눈을 판 사이 에단과 노아가 장난을 치기 시작하면 모든 신발들은 여기저기 날아다니고 어질러진 옷들 사이를 통과하며 얼른 아이들을 데리고 나가야 했기 때문이다.

올리버에겐 신발을 갈아 신는 과정조차 큰일이었기 때문에 신발장에서 그와 나는 꽤 오랜 시간을 보냈다. 선반에 걸터앉아 스스로 갈아 신는 것도 그의 굳어져가는 몸을 푸는 데 도움이 될 수 있는 하나의 운동이었기 때문에 발작이 왔거나 아픈 날들을 제외하고 신발을 갈아 신는 일만큼은 최대한 혼자 할 수 있도록 돕는 것이 바람직

했다. 나는 그가 신발을 다 갈아 신을 때까지 옆에 늘 있어주곤 했다. 왼쪽 신발과 오른쪽 신발을 바꿔 신는 일이 생기거나, 신발을 신다 중심을 잃어 넘어질 수 있기 때문이다.

에단은 언제나 빨간 타일이 깔린 부츠 룸 바닥에 앉아 신발을 갈아 신었다. 갈아 신으면서 신발에 묻어 있는 젖은 흙을 툭툭 털기도 하고 털실내화에 앉은 먼지들을 하나하나 떼어내기도 해서 누군가 옆에서 신발을 갈아 신는 일에 집중할 수 있도록 지켜봐주어야 했다. 부츠 룸에는 작은 화장실이 있는데 그는 가끔 이곳에 들어가 나오지 않을 때도 있었다. 누구에게나 찾아볼 수 있는 흔한 장난꾸러기 기질이었는데, 그럴 때면 에단을 돌보는 친구가 늘 애를 먹어야만 했다.

노아 또한 마찬가지. 외출하고 돌아오자마자 끈을 풀어 신발을 벗은 뒤 다시 리본 모양으로 신발끈을 묶고 늘 신발을 두던 선반 아래에 두지만 가끔 기분이 안 좋으면 신발을 잘 정리하는 듯하다가 획 던져버리고 도망가기 일쑤다. 그에게도 옆에서 지켜봐줄 누군가가 늘 필요했다. 또 노아는 신발장 선반에 가부좌를 틀고 앉아 할아버지 웃음을 지으며 절대 들어오지 않기도 했다.

부츠 룸은 그렇다. 언제나 바쁘면서 후끈후끈한 온도가 지나간다.

독일산 코르크 신발

에단은 신는 신발만 신는다. 독일에서 만들어지는 코르크 신발인데, 에단의 불편한 발가락을 위해서 오래전부터 그렇게 해왔다고 한다. 발가락이 계속 안쪽으로 굽고 발톱이 계속해서 상하는 그의 발을 위해 신으면 신을수록 발의 형태를 따라 모양이 잡혀가는 이 코르크 신발이 그에게는 안성맞춤이라며 집 아빠는 말했다. 꼭 어릴 때 먹던 초코아이스크림의 모양과 색깔이 똑같은 이 신발이 너무 이뻐서 나도 하나 사서 신어보았다. 정말로 편하고 귀엽다.

올리버와 맞춤 부츠

올리버의 발바닥 모양은 계속해서 변해간다. 무릎이 다리 안쪽으로 조금씩 굽어져가기 때문에 신발이 조금이라도 불편하면 발바닥 여기저기에 물집이 나고 그럴 때마다 새로운 밑창을 깔거나 새로운 부츠를 맞추어야 했다. 몇 년 전 제작한 부츠에 그의 발이 잘 적응하여 오랫동안 문제가 되지 않다가 최근에 그의 발에 물집이 다시 나기 시작했다. 나와 올리버, 올리버의 엄마는 큰 도시로 나가 새롭게 부츠를 맞추기로 했다. 나는 신발가게에 갈 거라 예상했으나 도착해보니 병원 앞이었다.

노아의 장화

노아는 장화를 정말 좋아했다. 우유를 짜러 가는 날이면 그는 언제나 장화를 신었다. 언젠가 소똥을 가득 묻힌 장화를 신고 집 안 여기저기를 돌아다닌 적이 있었는데 냄새가 며칠 동안 집 안에 남아 떠돌 만큼 고약했다.

교통체증

아일랜드는 인구 상당수가 농사를 짓거나 목장을 운영해요. 우리 마을의 간호사 브랜든 아저씨는 매일 트랙터를 몰고 다니고, 슈퍼마켓 리앙 아저씨는 양을 치느라 바빠요. 이렇게나 평화로운 우리 마을에서도 가끔은 바쁜 도시에서나 볼 수 있을 법한 교통체증이 생겨요. 소떼와 양떼가 가끔 도로를 이용해 이동하곤 하는데 그때마다 러시아워가 펼쳐지는 거죠. 하지만 절대 차선을 바꿔 무리를 추월하지 않아요. 조용히 시동을 끄고 사이드브레이크를 당긴 뒤 길이 나기를 기다리지요.

차가 줄을 서서 기다리든지 말든지 관심 없다는 듯 썰룩썰룩 걸어가는 소와 양떼의 뒤꽁무니를 뚫어져라 쳐다보면서 무슨 생각을 했는지 기억나지는 않지만 흔들흔들거리는 동물들의 꼬리 근처에서 배설물이 툭툭 떨어지는 걸 보며 에단이 껄껄거리며 웃었던 기억은 납니다. 이 들판에서 저 들판으로 가축 대이동이 끝나면 목장의 주인들은 그제서야 뒤돌아보며 엄지를 척 들어 보여요.

"기다려줘서 고마워유!"

수도인 더블린을 제외하고는 운동선수도, 간호사도, 슈퍼마켓의 직원도 모두 농부인 나라. 이 구수한 곳을 떠올리면 요즘도 이상하게 트랙터 소리가 들리는 것 같아요. 두두두두두두.

동갑내기 친구

유리는 나와 같은 시기에 이 마을에서 봉사활동을 시작한 동갑내기 한국인 친구다. 옆집에 살았고 빵을 먹으면 배가 아팠고 공부를 잘하고 성격도 밝았다. 우리는 유치하게 자주 다퉜고 다툰 밤이면 자주 야식도 먹었다. 대개 라면에 맥주였던 것 같다. 그녀는 자신이 촌년이라고 내게 매번 말했는데 나도 같은 촌놈이기에 우리는 또 친해질 수 있었다.

유리는 에밀리라는 이름의 친구와 함께 살았다. 에밀리는 스트레스를 받으면 소리를 지르거나 주변 사람들의 머리카락을 쥐어뜯는 버릇이 있었는데 그 소리가 마을 전체에 쩌렁쩌렁 울릴 만큼 커서 우리집 사람들은 그때마다 유리를 걱정했다. 그래도 유리는 늘 헤헤하고 바보 같은 웃음을 지으며 마을을 돌아다녔다.

어느 날은 유리가 종일 보이지 않아서 집에 찾아가보았더니 한 친구가 유리는 아파 오늘 하루 쉰다고 이야기해주었다. 노크를 하고 방에 들어가보니 그녀는 배를 잡고 웅크린 채 누워 있었다. 빵 때문인지 배가 많이 아프다고 말했다. 하루종일 한끼도 먹지 못할 것 같아 점심 즈음부터 쌀을 불려 저녁시간에 죽을 만들어주었고 배달을 갔을 때 유리는 잠들어 있었다. 함께 간 에단에게 유리가 많이 아파 약을 주는 거라고 말했더니 그도 조금 울상을 지어 보였다. 다음날

죽을 잘 먹었다는 유리의 문자를 받았다.

유리에게는 나보다 조금 더 어른스러운 구석이 있다. 함부로 말을 내뱉지 않았고 옳지 않은 것은 옳지 않다고 말하는 친구. 싫어도 좋다고 말하는 내 성격을 늘 그 친구는 대놓고 뭐라 했다.

내가 집안 사정 때문에 예정된 날짜보다 조금 먼저 아일랜드를 떠나게 되어 유리에게 인사를 하러 찾아갔을 때, 그애는 나를 보자마자 울음이 터졌다. 자연스럽게 인사를 나누며 포옹을 하는 몇 초간 정말 많은 생각이 들었다. 미운 정이 무서운 거라더니. 그새 그게 많이 들었나보다.

파란 알약

수면제가 없으면 잠드는 것이 불가능했던 올리버. 그리고 너를 괴롭히는 발작을 조금이라도 막기 위해 매일같이 먹어야 했던 하얀 알갱이들. 먹어야 할 약이 참 많았어. 너를 잠들 수 있게 해주는 파란 알약이 세 개에서 네 개, 네 개에서 다섯 개가 되어버리는 과정이 그리 행복하지는 않았단다. 결국 너에게 파란 알약 여섯 개를 주어야 했던 날, 나는 너의 침대 옆에서 잠들고 말았지.

소주컵만한 크기의 은색 용기에 하얀 가루약 세 팩, 흰 알약 두 개, 파란 알약 여섯 개, 네가 가장 넘기기 힘들어했던 노란 알약 하나까지. 하루 두 번 딸기잼과 함께 약을 겨우 삼키던 너는 그래도 꾸역꾸역 잘 견뎌주었고 나는 그게 참 고마웠어. 어느 날은 널 조금 행복하게 해주고 싶어서 꿀 탄 요거트와 함께 약들을 줬는데 네가 정말 좋아하던 게 기억나. 네 웃음에 내가 오히려 행복해졌지 뭐야. 나도 네 옆에서 요거트 한 컵을 떠 와 냠냠대며 맛있게 먹었지. 물론 다음날 요거트와 약을 함께 복용하는 것은 좋지 않다며 간호사 선생님께 혼이 나고부터 다시는 그렇게 줄 수 없었지만.

떠나기 전 마지막으로 너에게 약을 주던 날, 너는 웬일인지 먹고 싶지가 않은 눈치였어. 보통 스푼으로 세 번이면 끝날 양인데 너는 계속해서 뱉어냈지. 십 분이 넘도록 너와 입씨름을 하며 겨우 은색 컵을 비워낼 수 있었어. 왜 그랬을까? 그 순간에는 일단 네가 끝까지 약을 먹는 모습을 봐야 했기 때문에 먹는 것에만 집중했지만 꾸역꾸역 너에게 겨우 약을 다 주고는 주방으로 돌아와 나는 이를 꽉 물고 작은 은색 컵을 씻어야 했어. 알았나보구나. 내가 떠난다는 사실을 눈치챈 거야.

그날은 작은 은색 컵에 약을 담아 블루베리 잼과 함께 주려 했어. 그날따라 딸기 잼이 아니라 블루베리 잼과 함께 주고 싶었어. 잘 섞이지가 않더라구. 알잖아, 블루베리는 알갱이가 많은 거. 그러다 나는 알약 하나를 땅에 떨어트렸지. 주방 바닥 어딘가에 떨어져 있을 알약을 찾으려고 헤매다 내가 발견한 건 네가 가지런히 벗어놓은 초록 실내화와 그 옆에 떨어진 너의 수건, 그리고 빨대 몇 개. 순간 눈앞이 뿌옇게 번져서 약이 어딨는지 찾을 생각도 없이 바닥에 주저앉아버렸어. 거실에서 네가 약을 기다리고 있을 텐데, 얼른 가서 이 약을 주어야 네가 편히 잠들 수 있을 텐데. 이제 마지막이구나. 그 실내화를 신고 거실을 활보하는 너의 모습, 수건을 휙 하고 던져버리는 너의 모습, 목이 말랐던 네가 빨대로 물을 쭉쭉 들이켜던 모습까지……. 한참 동안이나 주방 바닥을 여기저기 기어다니다가 네게 겨우 약을 줄 수 있었어.

여름이 다가와. 해가 점점 길어지고 너는 또 새벽부터 잠을 뒤척이기 시작하겠지. 겨우 든 잠인데 밝은 해가 너를 깨우니까 다시 눈

이 부실 테고. 커튼에 빛 새는 것 좀 고쳐달라고 말했는데 지금은 어
때? 빛이 새지 않는 블라인드를 누군가 설치해주었니?

아침이 오면 다시 종달새는 지저귀고 소는 (너의 표현을 빌려) 무
우~ 하고 소리낼 테니 눈을 뜨고 너무 실망하지는 말아. 다시 아침
이란다! 우리가 언제나 기대했던 아침 말이지. 산책도 가고 그래놀
라를 만들러 가자. 자전거를 타고 과수원 근처를 한 바퀴 돌고 들어
오는 거야. 그리고 돌아와선 뭘 하지? 핫초콜릿 한잔 마실까?

우리는 어떻게 그 멀리에서 태어났음에도 만나야 했을까. 그리
고 지금 이렇게 떨어져 있어서 찾아드는 이 애틋함을 무어라 말할 수
있을까. 내가 너를 만나고 사랑했던 건 행운이야.

2

기억의 여름

그리움의 가을

소년을 위로해줘

나는 소년이었고 어쩌다 어른이 되어가요. 사랑을 동경하던 소년은 경계심 많은 청년이 되었지만 여전히 순수를 믿는 어른이 되고 싶어요. 그렇게 될 수 있을까요. 순수를 바라보는 내 모습이 이미 순수하지 않은 것 같아 자주 눈을 감아버려요.

소년을 위로해주세요.

평범한 월요일 아침

07:20

월요일 아침 눈뜨자마자 생각하는 건 오늘만 지나면 하루를 쉴 수 있다는 거다. 잠깐의 흐뭇함. 그래서 월요일 아침은 언제나 기분이 좋다. 눈을 뜨고 일어나자마자 베이비폰 너머로 쌕쌕 올리버가 잘 자고 있는 소리가 들리면 기분이 좋아진다. 깨워도 괜찮겠구나 생각하며 내 방 여기저기에 걸려 있는 추리닝을 주워입는다. 방문을 열면 밤새 집 안에 꼼짝 않고 깔려 있던 공기가 조금씩 움직이기 시작한다. 봉사자들 모두는 아이들을 깨워야 할 시간이다. 잠깐 틈을 내 얼른 주방으로 달려가 커피콩을 간다. 쿠와와아앙, 쿠와와아앙, 쿠와아아앙. 꼭 커피콩은 세 번 정도 갈아야 양이 적당한데 이 기준은 순전히 내가 만든 이 집의 규칙이다. 필터에 담은 커피가루를 머신에 끼우고 물을 넣은 뒤 작동 버튼을 누른다.

손에 든 작은 스피커로 올리버의 숨소리를 한번 더 들어본다. 여전히 잘 자는구나. 커피를 내렸으니 뒤꿈치를 들고 복도를 지나 올리버 방으로 가본다. 스르륵. 올리버 방 미닫이문을 열어본다. 아직 잘 자고 있으니 오늘은 조금 더 재워도 될 것 같다. 잠을 잘 못 자는 친구라 한번 잠들면 최대한 쉴 수 있게 하는 것이 좋다.

07:40

복도에 나와보니 주방에서 시작된 커피 향이 집 안에 가득찼다. 벌써부터 힘이 나는 것 같다. 아침을 준비하는 친구도 벌써 나와 냉장고를 뒤적거리고 있다.

"뭐라도 도와줄까?"

"차나 좀 끓여줘."

내가 가장 좋아하는 레몬생강차와 영국산 허브티를 주전자 두 개에 각각 넣는다. 물을 올려놓고 나는 잠깐 나가 바람을 쐬도록 한다. 빨간 대문을 열면 내가 가장 좋아하는 벤치 하나가 있고 나는 그곳에 털썩 앉아 새소리를 듣는다. 벤치에 앉으니 뭔가 아쉬워 한걸음에 방에 들어가 담배를 하나 말아 나온다. 불을 붙여 한두 모금 피우면서 매일 그렇듯 후회하고, 남은 담배를 재떨이에 툭 던지고는 다시 집으로 들어간다.

08:10

아침엔 보통 커피와 허브티를 마신다. 점심을 준비하면서 이것저것 워낙 많이 먹기 때문에 아침식사를 하면 다음 식사를 맛있게 할 수 없다는 걸 잘 안다. 물론 아침부터 빵을 먹고 싶지도 않다. 다들 졸린 눈으로 아침식사를 한다. 오늘은 다들 어떤 일과를 가지고 있는지 스케줄을 이야기하면서 우리의 아침은 시작된다.

09:00

나는 언제나 올리버의 숨소리를 들을 수 있는 스피커를 지니고 있어야 한다. 올리버가 침대에서 뒤척이는 소리가 들리기 시작한다. 설거지를 하다 말고 얼른 달려가 올리버를 확인한다. 잠이 덜 깬 올리버는 눈을 비비며 더 자고 싶다고 하지만 이제 일어나 약을 먹어야 하기 때문에 그를 깨운다. 옷장에서 서로 다른 색깔 후드티 두 개를 꺼내 어떤 후드티가 좋은지 물어본다. 거의 언제나 파란색을 선택하기 때문에 사실 회색 옷은 굳이 꺼낼 필요가 없지만 그래도 그가 선택할 수 있게 하는 것이 좋다. 앞코가 둥근 털실내화를 신으며 올리버도 하루를 시작할 준비를 마친다.

09:30

올리버는 매일 아침, 독일 친구와 함께 베이커리로 가서 그래놀라를 만든다. 올리버는 그 친구와 곧잘 어울린다. 올리버의 마음을 움직이는 사람은 마을에서 몇 사람 없기 때문에 그 친구와 함께인 올리버의 모습을 보면 언제나 맘이 좀 놓인다.

올리버를 보내고 나면 혼자 요리를 시작한다. 보통 같으면 다른

집에서 지내는 장애인 친구와 함께 요리해야 하지만 월요일 아침은
그 친구가 물리치료를 받아야 해서 특별하게 나 혼자만의 오전시간
을 보낼 수 있다. 조금은 묵직한 것을 내려놓아도 괜찮을 시간이다.

켈스Kells라는 마을에는 옛 성터가 남아 있다. 지금은 양을 풀어놓는 목초지가 되었지만 아무도 없는 성 안에서 홀로 숨바꼭질하는 것도 꽤 재밌다. 올리버와 함께 산책을 갔던 날, 올리버는 양을 보고 기분이 좋았는지 여기저기 뛰어다녔다.

코피

너의 코에서 자주 피가 났다. 빨간 것은 피, 피는 닦아야 하는 것이고, 크든 작든 고통을 동반한다는 것을 아는 나로서는 너의 코에서 벌건 것이 흐를 때마다 움직이지 마, 기다려야 해! 하며 코를 틀어막고 코피가 멈추기를 바랐다. 귀찮다는 듯 그만하라며 코를 답답하게 막은 휴지뭉치를 너는 자꾸만 없애려 했다. 휴지를 코앞에 가져다 대도 코 바깥으로 공기를 밀어내는 방법을 몰랐으니 도저히 풀어낼 수 없는 이물질들이 쌓이고 단단해져서 콧속을 헤집고 상처 낸 것이었겠지.

우리에게는 쉬는 시간이 있었다. 오후 두시부터 세시까지의 꿀같이 달콤한 시간. 다른 아이들은 각자 방에서 음악을 듣거나 낮잠을 잤고 너 또한 별반 다를 바 없이 침대에 앉아 책을 보았다. 낮잠을 잘 때도 있었고, 거실에서 퍼즐을 맞추기도 했지만 그런 일은 거의 없었다. 이 시간은 잠자는 시간 빼고 네게 허락된, 유일한 혼자만의 시간이었기에 최대한 방해하고 싶지 않았지만 네게 갑작스러운 발작이 찾아올 수 있기 때문에 나는 스피커를 늘 곁에 두며 너의 움직임을 들어야 했다. 그 손바닥만한 물체가 네가 숨을 잘 쉬고는 있는지, 책은 잘 읽고 있는지 알 수 있게 해주었으니. 스피커 너머로 들리는 책 넘기는 소리, 책을 넘기기 전 손에 쥔 페이지를 착착착착 네다섯 번 당기는 소리.

어느 날 쉬는 시간이 끝나고 오후 일과를 준비하러 너의 방으로 가 문을 연 순간 내 눈앞에 펼쳐진 건 그저 벌건 세상. 책과 이불, 베개에 검붉은 것들이 여기저기 묻어 있었다. 나는 당장 너의 어머니에게 문자로나마 이런 이야기를 전달해야 했다.

나를 부르지 그랬어, 하고 내뱉어봐야 소용없을 말을 계속 중얼댔다. 너와 함께 오후를 보내고 싶어 집 아빠에게 말해 일과를 바꿨고, 그러곤 네가 집으로 돌아가는 오후 다섯시까지 우리는 목욕을 하고 차분하게 거실에 앉아 너의 어머니가 오기를 기다렸다. 너의 어머니를 기다리며 어떻게 오늘의 상황을 설명해야 할지 정리하고 있는 찰나에 멀리서 익숙한 엔진 소리가 들리자마자 너는 단박에 알아차리고 벌떡 일어나 뛰어갔다. 그때만큼은 코피를 한 바가지 쏟은 사람이라고는 생각지도 못할 만큼 건강한 모습으로. 너를 조수석에 태우고 너의 어머니와 이런저런 이야기를 나눴다. 대수롭지 않게 여기는 그녀의 목소리였지만 미세하게나마 느껴지는 한숨 비슷한 것이 내 마음을 조금 무겁게 했다. 너를 보낸 후 네 방을 정리했다. 책을 버리고, 이불과 베갯잇을 세제에 묻혀 벅벅 손으로 문대면서 생각 없이 슬프기만 했는데, 갑자기 그녀의 눈빛이 떠올라서, 나는 금세 뚝 그칠 수밖에.

올리버의 엄마, 몰리

올리버의 엄마 몰리는 정말이지 억척스러운 사람이었다. 쉽지 않은 인생에 굴하지 않고 끈질기게 스물한 해 동안 그녀는 살아왔다. 기저귀를 가는 것부터 음식을 내오는 것까지, 올리버가 원하는 것들을 척척, 눈빛만 보고도 내놓을 수 있는 사람. 단언컨대 그녀는 올리버가 세상에서 가장 사랑하는 사람이었다. 아, 물론 그의 동생과 함께.

몸이 불편한 아들과 함께 살아오면서 그녀의 몸도 참 많이 망가졌었다. 큰 병원에서 받은 수술도 이미 여러 차례. 그녀가 아파 올리버를 마을에서 집으로 데려갈 수 없는 날은 내가 올리버와 올리버의 동생과 함께 그녀의 집을 지켰다. 그때마다 그녀는 고맙다며 양말 같은 것들을 선물로 주곤 했다.

올리버가 우리 마을에서 밤을 보내지 않는 월요일부터 수요일까지는 간병인이 그의 집으로 방문했다. 가끔 간병인이 사정이 생겨 오지 못할 때마다 몰리는 내게 도움을 요청했고 그럴 때면 나는 그의 집으로 가 그가 잠들 때까지 있어주었다. 집으로 돌아가기 직전에 몰리는 내게 마시고 가라며 와인이나 내가 좋아하는 맥주를 주었다. (그녀는 내가 술을 좋아한다는 사실을 어디서 들었나보다.) 내가 지내는 마을에서 그녀의 집은 멀지 않은 거리에 있었다. 차를 타면 오 분, 자전거로 십오 분. 올리버의 집에 갈 일은 자주 있었다.

아일랜드에서 맞는 첫 크리스마스. 올리버가 심한 폐렴에 걸려 집 밖으로 나오지 못하고 실내에서만 지내고 있었기 때문에 나는 그의 집을 찾아갔다. 하루종일 올리버와 함께 시간을 보내다 집에 갈 시간이 가까워졌을 때쯤 그녀는 냉장고에서 병맥주를 하나 꺼내며 마시고 가라 했다. 왠지 그녀가 할말이 있는 게 아닐까 싶어 나는 식탁에 기대 조용히 맥주를 마셨다. 잠깐이었지만 나는 그때 처음으로 그녀와 긴 대화를 했다.

"올리버가 태어날 때 의사가 뭐라 했는지 알아? 삼 년이랬어. 삼 년도 못 버틸 거라고 했어. 기분이 참 이상하더라고. 나는 미용사였는데 올리버를 키우면서 함께 일을 병행하기는 불가능하다는 걸 느끼곤 일을 그만둬버렸지. 매일, 매년 나는 그의 건강이 더 나빠지지 않기를 바라고 있어. 올리버를 위해 지은 집마저도 전남편에게 뺏겨버렸고. 그런데 민수, 너 가야 하는 거 아니야? 내가 붙잡고 있는 거 아니지? 고마워. 늘."

그 시절, 고작 오 개월간 올리버와 함께 지낸 나에겐 이해할 수 없는 말투성이었지만 시간이 지나자 그녀의 마음을 조금씩 이해할 수 있을 것만 같다. 생각해보면 몰리는 내게 힘든 일을 도통 이야기하지 않았다. 감당할 수 없을 만큼 밀려오는 슬픔 너머의 감정을 떠안고 있는 그녀를 보면 굳이 그녀가 표현하지 않아도 가늠할 수 있었기 때문에 나도 되레 묻지는 않았고 위로의 말 같은 건 건넬 생각조차 하지 않았다. 그녀는 세탁방 어딘가를 뒤적거려 얼마 전 끊었다는 담배를 찾아내더니 불을 붙이며 말했다.

"크리스마스잖아. 민수. 늦었지만, 메리크리스마스."

갈대밭에서

피곤하면 편히 누우셔도 되는데요, 그렇죠. 왜 그렇게 발가락 끝에 쥐가 나도록 버티고 계신지 다 압니다. 그러니 이 계절만 지나고 우리 함께 쉬러 가요. 아, 하나. 그래도 요즘 위안이 되는 건 옆을 보니 다들 그렇게 살고 있더라고. 혹시나 툭 쓰러져도 살짝 기댈 사람이 있더라는 것.

긴 계절이 되겠네요. 잘 흘려보내도록 해요, 우리.

나의 작은 임무

매주 수요일 아침, 요리를 시작하기 전 나에게는 작은 임무가 있었다. 미술치료를 전문적으로 하는 '저니맨'에 노아를 데려다주는 일이었다. '차car'라는 단어가 나오면 노아는 세상을 다 가진 표정을 짓는다. 아침을 먹으면서도 얼른 차를 타러 가자며 나에게 무언의 눈빛을 보낸다.

차에선 그가 좋아하는 음악이 흘러나온다. 스피커에서 음악이 시작되면 노아의 몸은 앞뒤로 흔들흔들하며 허허허 하고 할아버지 같은 웃음도 함께 짓는다. 또, 차를 타고 들판을 가로지르며 바람을 쐬거나 덤으로 저니맨에 가는 길에 상점이 열려 있다면 맛있는 음료수도 한잔 할 수 있으니 그가 차를 좋아하는 건 당연했다. 나도 그와 함께 드라이브하는 아침이 늘 상쾌했다.

차를 타서 들을 음악을 고르는 건 그의 특권이다.

"노아, 오늘은 무슨 CD 듣지?"

(CD 세 개를 보여준다.)

"골라봐."

(가운데 있는 CD를 가리키며 웃는다.)

그가 늘 고르는, 뒷면에 긁힌 자국이 가득한 CD에서는 기타 연주와 함께 잭 존슨의 노래가 흘러나온다.

우리는 그저 인간이지, 늘 즐겁지만 혼란스러워.

늘 노력하지만 우리는 어디로 나아가는 거지?

우리는 절대 알지 못할 거야.

정사각형의 세계

아일랜드에서 저는 SNS를 시작했어요. 정사각형의 사진과 글을 게시할 수 있는 공간인데 그게 새롭고 신기하기만 해서 꾸준히 제 일상을 올리기 시작했고 이내 몇몇 분들께서 제 이야기를 읽어주셨습니다.

사람들에게 제가 존재하는 공간을 보여주고 싶었고 매일 하는 요리도 자랑하고 싶었지만 그보다는 제가 느낀 감정들을 오롯이 기록하며 기억하고 싶은 목적으로 저는 SNS를 이용했어요. 익명의 누군가가 올리는 이야기들은 사람들로 하여금 각자의 상상력을 발휘하게 만들기에 제가 이곳에서 받은 따뜻한 마음을 잘 전달할 수 있을 거라고 생각했거든요. 그래서 저만의 가상공간을 잘 이용해보기로 했어요.

제 공간에 올리는 글들을 따스한 시선으로 바라봐주시는 분들이 계셨는데 매일 요리하는 저에게 〈요리왕 비룡〉이라는 만화의 캐릭터 이름을 따 별명을 붙여주시는 분도 계셨고요. 한번에 글들을 읽기 아까우니 하루에 하나씩만 읽을게요!라고 하시더니 정말 매일같이 하루에 하나씩만 읽으시며 댓글을 글보다도 길게 달아주시는 분도 계셨어요. 심지어 직접 응원의 메시지를 주시는 분들도 계셔서 아, 이거 잘 시작했구나 하는 생각에 힘이 난 적도 더러 있었습니다. 그들의 말처럼 정말 제가 그들에게 위안을 주는 사람인 건가? 하는 착각도 가끔 할 만큼요.

서로 다른 분야에 종사하거나 나와는 일생 동안 접점을 찾으려야 찾을 수 없을 법한 다양한 사람들을 만나면서 간접적인 경험을 할 수 있었고 한국에 돌아와서는 몇몇 인디가수들의 공연에 갈 기회도 생겼지요. 심지어 제가 평소 멀리서 좋아하던 사람들도 만날 기회까지 만들어주었어요. 또 제가 다녀온 장소에 대해 궁금해하시며 정말 다녀오고 싶다는 의지를 가진 분들도 많이 뵙고 실제로 만나서 제가 다녀온 곳에 대한 이야기를 풀어놓은 적도 있었어요.

사람들을 점점 더 구석으로 몰아넣는다면서 SNS를 문제삼는 사람들도 많지만 적어도 여태까지 저에겐 좋은 영향을 끼친 공간이에요. 누군가의 말처럼 정사각형의 사진 속에 담긴 사연을 몇 줄 이야기하고 대화를 나누며 서로가 친해질 수 있다는 것은 정말 말도 안 되는 일일까요. 제가 하고 싶었던 이야기를 나눌 수 있는 그 공간이 저에게는 여전히 소중하기에 저는 계속해서 이야기들을 담으려구요.

사과나무

우리 마을에 사과나무는 몇 그루나 있었을까요. 한 백 그루. 아마 천 그루. 그보다 더 많았을 수도 있겠어요. 나무에서 떨어진 달콤한 사과들을 주워 주스를 만들면 일 년 동안 마실 사과주스가 되었지요. 우리가 병값만 지불하고 사과들을 커다란 박스에 모아 전달해주면 주스는 공짜로 누군가 만들어주었어요. 한동안 물 대신 사과주스만 마셨고 놀러갈 때는 주스가 든 초록 유리병들을 가방에 가득가득 담아가곤 했어요.

푸르고 끝없는 과수원이 빨간 열매들로 가득차면 당분간 우리의 일과는 사과 줍기가 된답니다. 썩은 사과는 골라내고 어느 정도 먹을 만한 것들을 통에 담아요. 이때 선택되지 못한 사과들을 나무 밑에 두면 새들이 와서 먹거나 다시 사과나무의 양분이 되지요. 오늘은 다시 한번, 그 사과나무를 보고 싶습니다. 긴 막대기로 사과나무 가지들을 툭툭 치던 우리 모습, 그럴 때마다 떨어지는 사과들을 피해 요리조리 헤엄치던 우리 모습……. 떨어지는 사과에 맞으면 얼마나 얼얼하던지요. 높은 곳에서 떨어진 사과가 머리를 툭 때릴 때마다 서로 호 입김을 불어주던 우리의 오후. 이런 기억은 누가 와서 사과 백만 개를 준다고 해도 안 바꿀래요.

빵집 위에 뜬 달

다시 한번 소란스러운 달이 뜨려면 얼마나 오래 기다려야 할까.
너의 얼굴에 얼마만큼의 내가 반짝였는지 너는 아니. 멀리 보이는
것들은 이렇게나 아름다워서 나는 계속 반대로만 걷는 거야.

기억의 조각

여행을 다니면서 듣던 음악, 찍은 사진, 사온 기념품, 기억나는 냄새 같은 것들이 소중한 이유가 있어. 나의 조각들이 박힌 것들이라 다시 쳐다보면서 기억을 거슬러올라갈 때마다 어떤 순간의 내 감정이 담긴 모습들을 떠올리게 하거든. 나의 이기심, 슬픔, 연약함, 절망, 기쁨과 행복 같은 감정들. 내 분신 같은 것들이야. 그런데 가끔 추억이 심각하리만치 아름답거나 혹은 흉해서 내가 직접 손댈 수 없을 것처럼 느껴지는 물건들은 인연 닿는 사람들에게 하나씩 나누어줘. 내가 쳐다보면서 끙끙 앓을 바에야 그러는 편이 나으니까. 아끼는 엽서, 책갈피, 사진, 음악, 심지어 그때의 냄새까지도 그러는 게 좋아.

냄새를 공유할 수 있는 사람은 요 근래 몇 달 드물긴 하지만. 그러다보니 내가 자주 보는 책의 책갈피들은 나를 자극하지 않으면서도 그때를 떠올릴 수 있는 사소한 것들이야. 예컨대 펍에서 집어온 맥주 컵받침, 그곳 지하철에서 이용한 코딱지만한 티켓, 햄버거를 먹고 받아두었던 영수증 같은 것들. 그렇게 커다랗고 작은 것들.

더블린의 열기

　서로 다른 사람들과 부대끼며 살아가는 삶은 행복했으나 가끔 휴식이 필요했다. 처음 이곳에서 사 개월을 보내고 휴가를 받아 더블린으로 여행을 갔던 날은 아일랜드에서 보낸 나의 첫 외박이었다. 대낮부터 바에 앉아 프랑스에서 영어를 공부하러 왔다는 부인과 대화를 세 시간 정도 나누었고, 하루종일 거리 여기저기를 돌아다녔다. 아일랜드에 대중교통이 있다는 걸 알게 되었으며 또 한국음식을 파는 곳이 있다는 걸 알게 되었다. 이날은 아일랜드에 도착한 이후 처음으로 배가 터질 만큼 식사를 했던 것 같다. 처음으로 유럽에서 혼자가 된 날, 나는 양털이 달린 청재킷을 입고 세상에서 가장 용감한 사람이 된 기분으로 여기저기를 휘젓고 다녔다.

　그때 나는 '딱정벌레 호스텔'이라는 곳에서 묵었는데, 사람이 바글바글한 펍이 있는 어느 골목에 위치한 숙소였다. 그중 '템플 바 TEMPLE BAR'는 더블린에서 여행자들에게 가장 유명한 펍이 아닐까. 심지어 템플 바가 있는 거리의 이름조차도 템플 바 스트리트이니 새삼 그 위엄을 느낄 수 있었다. 500미터 정도의 그 짧은 거리에는 셀 수도 없을 만큼 많은 펍들이 위치해 있고 해가 지면 템플 바뿐만 아니라 그 거리에 있는 모든 펍들은 얼굴이 벌게진 술잔 든 사람들로 한 번, 아코디언과 바이올린의 연주 소리로 또 한 번 가득찼다.

다음날 아침 일찍 이 거리에 나와보면 희한한 장관이 펼쳐진다. 15톤 특장차들이 골목 가득 줄을 서 있고 무언가를 계속해서 싣고 나르는 것이다. 밤새 사람들이 비워낸 기네스 생맥주가 담겨 있던 나무통들이다. 기네스 맥주를 생산하는 공장 기네스팩토리는 아침마다 빈 나무통을 수거한 뒤 맥주를 채워 다시 펍으로 배달해주는 듯했다. 펍 앞에는 나무통들이 도미노처럼 가득 서 있는데 밤새 사람들이 비워낸 기네스 맥주의 양은 정말 상상 그 이상. 탑으로 쌓으면 하늘까지 닿고 맥주로 강을 만들어도 충분히 흐르지 않을까 생각했다. 뜨는 해와 함께 템플 바의 열기도 그렇게 조금씩 식어가는 중인 것이다.

마을에 들어서면

시내에 나갔다가 아이들이 좋아하는 감자칩을 들고 집에 들어가는 길이다. 차를 타고 좁은 골목을 지나 마을로 들어가는 작은 통로에 다다르면 사방에는 울창한 나무들이 나를 반기고 아이들이 뛰어다니는 모습을 담은 표지판이 속도를 줄이라며 번쩍인다. 사람이 살고 있는 작은 오두막집 두 채와 얼룩덜룩 점박이 젖소들의 푸른 놀이터가 있다. 좁은 길을 지나 우회전하면 자갈이 깔린 주차장이 보이고 왼편에는 작은 사무실이 보인다. 주차장에 도착해 폭스바겐 제타의 시동을 끄고 사무실에 차키를 가져다놓은 뒤 나는 유유히 사무실에서 빠져나간다.

삼십 년 전, 원래 이곳은 한 아일랜드 농부의 작은 집이었다. 작은 축사와 집을 사들여 사람들은 밭을 일구었고 빵집을 만들었으며 집을 몇 채 짓다보니 점점 커져 오늘의 마을이 되었다. 허름한 축사가 이렇게나 아름다운 마을이 되기까지 얼마나 많은 사람들이 땀을 흘렸을지 상상만 해도 감사할 따름이다.

몇 년 전 증축한 집도 하나 있다. 마을이 시작된 집이자, 이 마을에서 가장 오래된 집이기도 하다. 새하얀 벽에는 담쟁이 넝쿨이 달리기를 하듯 줄을 지어 있고 그 아래는 개 한 마리가 누워 낮잠을 자고 있다. 우리 마을에서 두번째로 좋은 소리를 내는 피아노가 바로 이 집에 있다. 나는 이 집을 유난히도 좋아한다. 처음 도착해 잘 곳이 없던 내가 소파에 누워 첫날밤을 보낸 곳이기 때문이다.

　하얀 집 앞을 지나 왼편으로는 족히 천년이 넘는 시간 동안 그 자리를 지키고 있었을 법한 라임 나무가 있다. 누군가 전기톱을 들이밀거나 신이 번개 한줄기를 던질 때까지 서 있겠다는 나무의 위엄에 잠깐 입 벌리고 서 있다가 이내 축사 쪽으로 몸을 튼다. 나의 짧은 다리로 열 걸음 정도 다가가면 여물이 가득 쌓인 축사가 있는데 곧 울음이 터질 것 같은 눈을 가진 가축들이 울고 있다. 마치 흑요석을 품은 것 같다. 나는 흑요석을 본 적도 없지만 그것들의 눈빛은 꼭 흑요석 같다. 내가 집으로 돌아가는 길은 언제나 이렇다. 언젠가 이 풍경들을 잊을까 구석구석 자주 살핀다. 사진도 찍어두고 글도 적어둔다. 아름다운 이 마을을 언젠가 다시 떠나야 할 때가 오겠지 생각하면서.

희미한 사진

아일랜드에 지내면서 이곳의 이야기를 SNS에 올리곤 했는데 제가 돌보는 친구들의 모습이 담긴 사진은 올릴 수 없었어요. 장애인 인권에 관한 규정이 다소 엄격하거든요. 우리는 산책을 갔고 빵을 구웠고 산을 올랐으며 농사를 지었고 땅을 일궜어요. 배추 한 포기에 웃고 라즈베리를 따서 입에 집어넣던 우리 모습은 정말이지 빛나고 사랑스러운 순간들이었는데 이런 모습을 많은 사람들에게 보여줄 수 없다는 것은 아쉽기만 했어요. 그러던 어느 날, 색다르게 사진을 찍어보기로 했어요.

매일 산책을 갈 때마다 저에게 꽃을 따다주던 올리버의 모습을 찍는데 그때마다 꽃이 너무 이쁘길래 어떻게 찍을까 생각하며 찾아낸 방법이에요. 꽃을 찍으며 친구를 배경에 두니 꽃도 올리버도 사진에 담겨 나와서 기분이 좋았거든요. 한 손에 꽃을 들고 초점을 렌즈에서 가까운 꽃에 맞추고 배경을 흐릿하게 만들면 제가 올리버와 함께 산책하고 있는 모습을 꽃과 함께 프레임에 담을 수 있었으니까요.

꽃에 조금 가려지긴 했지만 올리버가 보이니 만족해야 했어요. 이렇게 찍은 사진의 주인공은 사실 꽃이 아니라 친구라는 걸 내가 직접 말하지 않아도 사람들은 알았을 거예요. 꽃이 아름답기는 했지만 제 친구는 꽃으로 가려지기엔 조금 더 빛났던 것 같거든요.

그렇게 사진을 올리면서 친구의 모습을 보여줄 수 있었음에도, 나를 또렷하게 만들어준 사람이 그런 식으로 흐릿해져야 한다는 것은 여전히 조금 슬픈 일이었어요.

슬리브나몬

슬리브나몬은 아일랜드어로 '여자의 산'이라는 뜻이다. 이 산에는 전설이 하나 있다. 아주 오래전 '피온'이라는 남자가 있었는데 그를 보기 위해 여자들이 길을 따라 줄 선 모습은 아무도 상상할 수 없을 정도로 길었을 만큼 인기가 많았다고 한다. 하지만 어느 날, 팬들의 성화에 못 이긴 피온이 여성들을 향해 말했다고 한다.

"고마워요, 여러분. 하지만 저는 오직 한 사람만 아내로 맞이할 수 있어요. 저는 저기 보이는 산의 정상에서 내일 아침 기다리겠습니다. 달리기 대회를 열어 가장 먼저 그곳에 도달하는 자와 결혼을 하겠습니다."

우승자는 그레인이라는 여성이었으며 둘은 이후 행복하게 살았다고 한다. 봉긋한 산의 정상에 비석이 우뚝 서 있는 모습이 마치 멀리서 보면 누워 있는 여자의 가슴을 옆에서 본 형상처럼 보이기 때문에 여자의 산이라는 이름이 붙여졌다는 전설도 있지만 나는 개인적으로 피온의 이야기를 훨씬 더 좋아한다.

재밌는 전설이 담긴 슬리브나몬은 우리 마을 사람들에게 매우 친숙하고 넉넉한 산이었다. 마을에서 버스를 타고 소풍을 자주 가기도 했고 쉬는 날이면 언덕에 올라 한참이나 누워 있다가 오기도 했다. 산중턱에 오르면 양들이 참 많았는데 가끔 양들과 달리기도 할 수 있었다. 누군가 멀리 서 있는 나를 찍으려고 카메라를 켰는데 노아가 그 앞에서 포즈를 취하는 바람에 내 모습도 노아의 모습도 아닌 햇살만 밝게 담긴 사진이 나왔다. 그 사진은 언제나 내게 슬리브나몬의 낭만을 떠올리게 했다.

함께여서 더 빛나는

선물을 손에 든 사람들이 빨간 대문 집으로 들어오고 있다. 서점에 가서 반나절은 고민하고 집어들었을 책 몇 권, 직접 만든 치즈케이크, 두툼한 카디건과 스웨터, 직접 꾹꾹 눌러 쓴 편지들. 나와 올리버의 생일파티를 하는 날이다. 우리의 생일은 이미 며칠이나 지났지만 바쁜 평일을 피해 주말에 파티를 하기로 했다.

"다음주는 올리버와 민수의 생일이 있네. 주말에 생일파티를 함께하는 건 어때? 어차피 하루밖에 차이 안 나잖아."

"주말이면 사람들도 더 많이 모일 수 있을 테니 그게 좋겠다."

"그게 낫겠어. 민수야, 올리버는 치즈케이크를 좋아하지? 주말이면 충분히 치즈케이크를 만들 수 있을 거야."

마침내 토요일이 왔다. 손님을 맞이하는 집은 아침부터 분주하다. 먼저 쇼핑을 가서 두 손 가득 간식과 음료를 사 와 집 안 여기저기에 둔다. 식탁을 다르게 배치해서 최대한 많은 사람들이 돌아다닐 수 있게 공간을 만들고 배치된 식탁에는 정성스럽게 다린 생일파티용 무지개 식탁보를 펼쳐놓는다. 주방에 있는 모든 커피잔과 접시, 포크와 나이프는 사람들을 위해 먼지를 닦아 꺼내놓고 사람들이 들어온 이후에도 누군가는 계속 커피를 내리거나 차를 끓인다. 여러 색깔의 풍선을 불어 하얀 거실 벽면에 여기저기 걸어놓는 것으로 우리는 손님 맞을 준비를 마친다.

거실에 있는 창을 통해 따뜻한 햇살이 들어오는 오후였다. 다른 집의 친구들과 사람들이 모여들기 시작했다. 북적북적한 거실에서 올리버의 크고 동그란 눈이 반짝거린다. 누군가 초콜릿을 선물로 가져왔기 때문이다. 다행스럽게도 올리버는 피곤해 보이지도 않고 기분마저 좋아 보인다. 특별한 날이니 내 친구는 매일 입던 후드티를 벗어두고 대신 셔츠 위에 니트를 입었다. 잘생긴 얼굴에 멋진 옷을 입으니 왕자나 다름없다. 파티가 끝나면 백마나 타러 나갈까 싶을 정도다.

어느새 사람들이 바글바글해졌다. 거실에 사람들이 다 들어올 수 없어 얼굴만 빼꼼 내미는 사람들도 보이고 피아노 앞으로 가서 축하 노래를 시작하려는 사람도 보인다. 누군가 숫자 양초 19와 23이 꽂혀 있는 치즈케이크를 손에 들고 걸어온다. 사람들은 케이크를 보면서 나와 올리버보다 더 행복한 표정을 짓는다. 가운데 테이블에는 선물이 가득 쌓여 있는데 이 선물들을 다 뜯어보려면 해가 질 때까지 아무도 집에 돌아갈 수 없을 것 같다.

초를 불고 선물을 하나하나 뜯으면서 사람들과 고맙다는 인사와 함께 눈을 마주친다. 올리버는 매번 그렇듯 올해에도 옷을 잔뜩 받았다. 내가 큰 소리로 엽서들을 읽는 동안 사람들은 서로 이야기하느라 바쁘다. 그들을 보면서 흐뭇한 미소가 얼굴에서 떠나질 않는다.

올리버와 함께여서 더 빛나는 생일이었다. 그래서 그때 그 거실의 공기는 평소와는 조금 달랐던 것 같다. 꽤나 많은 사람들이 좁은 공간에 모여 있어서 공기가 뜨끈했지만 호흡하는 것만으로도 그 어느 때보다 행복했다. 시끌벅적한 탓에 올리버에게 말을 건넬 때마다 귀에 입을 바짝 대고 말해야 했지만 그렇기 때문에 그 어느 때보다 우리는 가까웠다.

올리버, 또다시 우리가 함께 생일파티를 하는 날이 온다면 나는 양손 가득 니가 좋아하는 구슬 초콜릿을 들고 갈게.

여느 때와 같은 저녁시간

18:00

저녁을 먹을 시간입니다. '디너Dinner'라는 말 대신 우리는 '서퍼
Supper'라고 말해요. 빨간색 주전자에는 허브티가, 흰 주전자에는 블
랙티가 들어 있어요. 대개 빨간색 주전자가 사람들에게 더 사랑받습
니다. 여러 종류의 과일 잼, 빵에 발라먹을 수 있는 페스토 몇 개, 제
임스가 오후에 구워준 신선한 빵, 크래커를 좋아하는 사람을 위한
크래커 세 종류, 얇은 훈제 햄, 훈제 연어, 점심때 먹고 남은 음식.
보통 이 정도가 저녁 밥상으로 차려지는 것들입니다.

19:00

저녁식사를 마치고 설거지를 다 끝낸 후 거실에 앉았어요. 내일은
쉬는 날이기 때문에 마음이 편안합니다. 수영을 갈까, 바다를 보러
갈까, 아니면 혼자 영화를 보러 갈까 생각중입니다. 아무럼 어때요.
늘 그랬듯이 아침엔 수영을, 오후엔 시내로 쇼핑을, 저녁엔 DVD더
미에 파묻혀서 맥주를 한 캔 하지 않을까요.

소파에 누워 이런저런 생각을 하다보니 집이 조용해졌어요. 친구
들은 모두 산책을 갔나봅니다. 노래나 불러볼까⋯⋯. 피아노 앞으
로 갑니다. 오늘의 피아노노래방의 선곡은 무엇으로 할까요. 존 레
논의 〈오 마이 러브〉가 좋겠어요.

20:00

하나둘 아이들이 밖에서 돌아와 잘 준비를 합니다. 샤워를 끝낸 아이들은 잠옷을 갈아입고 여기저기 분주합니다. 노아는 꼭 이 시간에 시리얼을 먹어야 하고 에단은 음악을 듣거나 무언가를 연주하지요. 씻고 나온 에단이 소파에 기대어 눈을 감고 휴식을 만끽하는 저에게 살짝 다가옵니다. 제 손을 끌고 어디론가 가려고 합니다. 난 네가 어디로 날 끌고 가는지 알지.

도착한 곳은 주방 옆의 자그마한 식품창고. 요리를 할 때 쓰이는 재료도 있지만 3층짜리 선반 가장 위 칸에는 간식거리가 가득합니다. 에단은 저에게 신호를 줍니다.

(끔뻑이는 그의 눈)

에단의 뱃살이 늘어나는 걸 방지하기 위해서 우리는 가능한 한 군것질을 못하게 하는데, 몰래 제게 과자를 하나 달라고 말하는 것입니다. '자파케이크'는 에단이 가장 좋아하는 과자예요. 창고 앞을 지나갈 때마다 그는 얼마나 침이 고일지 상상이 갑니다. 아래쪽 부분은 오렌지맛이 나는 부드러운 쿠키에 윗부분은 초코가 씌워진 악마의 속삭임에 에단은 저를 방패로 세웁니다.

"애들아, 오늘은 내가 에단 재울게. 오늘밤은 올리버도 없으니까 나 좀 한가하거든."

"응. 오늘은 과자 주거나 그러면 안 돼."

에단의 방에 들어가서 커튼을 쳐주고 스탠드를 켜줬습니다. (에단은 잠들기 직전에 스탠드를 끄는 습관이 있어요.) 침대에 누운 에단의 이불을 덮어주고 주머니에 숨겨 들어온 작은 과자 하나를 꺼냈습니다. 하지만 에단의 뱃살도 생각해야 하니 오늘은 반으로 잘라 나눠 먹어야겠습니다. 오늘도 자파케이크 작전은 성공이에요.

21:00

(딸깍)

"잘 자, 에단."

21:30

아이들이 모두 잠들고 나면 봉사자들은 모두 세탁물처럼 거실 여기저기에 널브러집니다.

봉사자 1 : 나 오늘 펍 갈 건데, 민수야 운전해줄래?

봉사자 2 : 웃기는 소리 하네. 너 밤 근무 아니야? 오늘은 내가 갈 거니까 꿈 깨.

봉사자 1 : 내가 근무라고? 오늘 나 펍에서 연주하기로 했단 말이야. 제발 한 번만 바꿔주면 안 될까?

올리버의 완벽한 친구

빨대 없이는 아무것도 마실 수 없는 너에게 내가 해줄 수 있었던 건 일회용 빨대들을 여러 봉지 사서 부엌 한켠에 두는 것. 빨대가 없어 네가 물을 못 마시면 나는 이 집 저 집 돌아다니며 빨대를 구해야 했거든. 무언가를 삼키는 게 힘든 너를 위해 모든 음식은 최대한 부드럽게 만들어야 했고 아니면 음식을 잘게 썰어 접시에 담아주어야 했어. 나이프로 음식을 매일 써는 것이 힘들어서 어느 날 부터는 가위를 쓰기도 했어. 가위로 음식을 썰던 나를 보곤 편리한 방법이라며 사람들이 감탄했지만 언젠가 한번은 가위질을 해대면서 눈물을 흠뻑 쏟았었다는 걸 알까.

고기를 구워먹지 않는 사람들에게 새로운 음식을 해주려 했던 날이었어. 소고깃덩이를 창고에서 꺼내와 밤새 해동했다가 다음날 얇게 썰어 구워주려고 했지. 고기를 굽자 온 부엌에 연기가 가득차서 사람들이 켁켁거렸지만 맛있게 음식을 먹어주어서 다행이었어. 하지만 너는 예외였지. 나름 정말 잘게 자른다고 고기를 잘라 너의 접시 위에 얹어주었는데 고기를 잘못 삼키는 바람에 네 숨이 막혀버린 거야. 그런 너를 보며 어찌해야 할 바를 몰랐던 나였어. 보통 같으면 너의 등을 쳐서 네가 기침을 하게 해야 하는데 계속해서 숨을 쉬지 못하는 너를 보니 세상이 갑자기 하얘진 기분이 들었거든. 너의 의자와 너를 고정해주는 벨트를 풀고 뒤에서 껴안아 위로 힘껏 들어

올린 후에야 너의 기침 토해내는 듯한 소리를 들을 수 있었지. 그뒤에 나는 음식을 다 먹지도 못하고 고개만 떨구고 있었단다.

너에게 참 섬세한 사람이고 싶었어. 음식도 니가 최대한 먹기 쉽게 잘라주고 양치를 할 때도 잇몸이 헐지 않게 살살 하고 새벽에 일찍 뜬 해가 널 깨울 수 없도록 커튼도 최대한 꼼꼼하게 닫고 신발을 신기 전에는 꼭 신발 안에 돌 같은 게 들어가 있지는 않은지 한번 털어보고. 하지만 항상 그게 쉽지는 않더라. 한번씩 음식이 목에 걸려 숨을 못 쉴 때, 분명 부드럽게 양치를 했는데 잇몸에서 피가 나고 있을 때, 아침부터 쨍한 해에 일찍 깨서 집 어딘가를 헤매고 있는 너를 봤을 때, 한참이나 산책을 하고 돌아온 후 너의 발바닥을 봤는데 큰 물집이나 상처가 나 있을 때마다 나는 내 자신이 얼마나 미웠는지.

너에게 완벽한 친구가 되어주고 싶었어. 짧고도 긴 여행을 함께해준 너. 이런 나는 너에게 어떤 사람이었을까 참 궁금해.

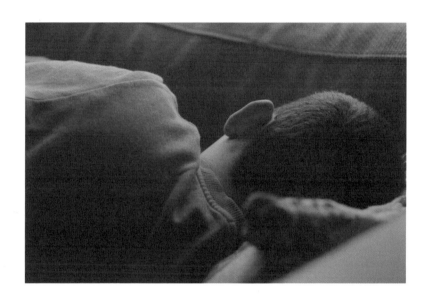

누워 있는 올리버. 아팠던 걸까. 아니면 그저 낮잠을 자는 중이었을까.

평화로운 주말 오후

바쁜 오전이 지나가고 오후가 되면 햇빛이 창문에 걸린 프리즘을 통과해 집 안 하얀 벽면 여기저기에 무지개가 새겨집니다. 주말 오후는 대개 평화로웠어요. 올리버는 동물들의 사진이 가득 담긴 책을 읽거나 퍼즐을 맞추었고 저는 그런 올리버 옆에서 흔들거리는 무지개를 보면서 기타나 우쿨렐레를 연주하며 노래를 부르거나 책을 읽었지요. 가끔 목이 마르다고 마실 것을 달라며 수화를 보내면 저는 잽싸게 주방으로 가서 빨대를 꽂은 초록색 플라스틱컵에 쌀로 만든 음료수를 담아 그에게 주었고요.

올리버가 읽는 책 속 글씨들은 그다지 의미가 없어요. 그래서 그림이 많은 책들을 그는 좋아하는데 그가 가장 좋아하는 책은 잡지나 제품 선전용으로 나온 두꺼운 카탈로그랍니다. 나를 툭툭 치며 올리버는 책의 그림들을 가리켜요. 동물이거나 바퀴 달린 물건들이 대부분인데 그 언어에 살고 있는 대부분의 동물들은 말이나 개로 표현되고 바퀴 달린 것들은 트랙터로 그려져요.

책 속 그림을 가리킨 뒤 오른손 검지와 중지로 왼손의 손날에 꽂습니다.

"말? 아냐. 이건 하마야, 하마!"

삼 초 뒤, 책의 그림을 가리킨 뒤 운전대를 잡은 모습을 보여요.

"트랙터? 아냐 이건 트랙터가 아니라 오토바이라구."

우리는 종종 오후 내내 이런 대화를 합니다. 하마가 말이 되고 오토바이는 트랙터가 되는 그의 세상에서.

잠들기 전에

올리버가 잠들기 전에 나는 항상 오늘 하루 있었던 일을 이야기해 주었다. 우리가 오후에 산책을 하면서 본 개미떼 이야기, 젖소가 새 끼를 친 이야기, 내일은 비가 올 거라는 이야기, 오늘 만든 핫초콜릿은 영 맛이 없었다는 시덥잖은 이야기까지.

새로울 것 하나 없는 이야기들로 마무리짓던 밤, 우리에겐 늘 내일이 찾아올 거라는 믿음이 있었다. 시시콜콜한 내일도, 지루한 모레도, 꼭 찾아와주길 바랐다.

필름 속 그날들

　내겐 모두 옳은 기억들이야. 기억의 옳고 그름을 나누는 것은 모두 선명함의 차이가 만들어내는 오해일 뿐.

　용케도 카메라를 챙겨 외출하는 날들이면 비바람이 불었고 해도 구름에 가려져 있는 그런 날들이었어. 사진 찍는 기술이 서툰 나였으니 너를 제대로 담을 수 없었지. 흔들리는 너의 모습들, 잔상으로 남은 너의 움직임들이 사진을 볼 때마다 중얼거리게 만들어.

　"이날은 미용실에 다녀와서 짧은 머리였고, 회색 후드는 캐릭터가 그려진 후드가 아니라 그 줄무늬 후드였지. 맞아."

　눈으로도 따라가지 못한 너의 모습들을 나는 어떻게 카메라로 따라가려 했을까. 근데 말이야, 그렇게 찍힌 기억들이 내게 얼마나 진하게 남았는지 아니?

그리움의 계절

급히 한국으로 돌아가야 할 이유가 있었습니다. 전화를 받고는 두 밤이 채 지나기도 전에 마을을 떠나버렸지요. 그날은 화요일. 저녁 시간이면 올리버가 집에 머물지 않는 날이었기 때문에 그곳을 떠나올 때 저는 제대로 된 인사조차 하지 못했습니다. 그게 맘에 걸려 돌아온 뒤에도 저는 아일랜드를 자주 그리워하며 살았습니다.

한국에 돌아오고 얼마 지나지 않아 문자메시지 하나를 받았습니다. 제가 떠난 자리를 대신해 올리버와 함께 지내게 될 친구가 참 좋은 사람이라는 소식이었습니다. 다행이었습니다. 심지어 그분도 한국인이라는 말을 듣고는 내심 희망을 품기도 했습니다. 감히 그분의 연락처만 알 수 있다면 올리버에 대한 소식을 전해 들을 수 있겠구나 생각했거든요. 누군가는 저의 행동이 쓸데없는 오지랖이라고 생각했지만 저에게는 많은 것들이 아쉬움투성이였으므로 그렇게라도 그리움이라 불리는 것들을 덜어내고 싶었습니다.

지금 생각해보면 그분에게 미안해집니다. 그녀에게 수시로 연락을 하여 귀찮게 만들었습니다. 올리버와 생활하기 위해 알아두면 좋을 것들에 대하여 조언을 해준다는 핑계로 올리버의 안부를 묻고, 사진을 받아보고, 영상통화도 할 수 있었습니다. 말로 다 표현하지 못할 만큼 그녀는 올리버와 제 사이를 생각해주었어요.

어느 날은 올리버가 움직일 수가 없다 했습니다. 오후에 누군가와 산책하다가 그만 넘어져 다리를 다쳤다고 했지요. 그 길은 보통 이용하지 않는 길인데 왜 굳이 그곳으로 산책을 가 올리버가 다칠 상황을 만들었는지 모르겠다며 화를 내던 그분의 목소리가 여전히 떠오릅니다. 그때 저는 안도했습니다. 올리버를 사랑하는 사람이 올리버 곁에 있다는 사실이 제 기분을 좋게 만들었습니다.

잘 계셨지요. 고통조차 순백의 웃음으로 가득하게 고이던 그 장소로 저는 다시 돌아가려 합니다. 계절을 한 바퀴 돌아 다시 여름이 오기까지 잘 지내길, 그리고 기다려주세요. 곧 뵙겠습니다.

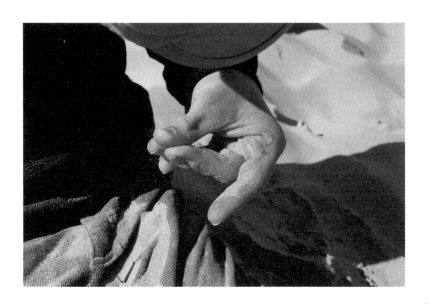

남겨두고 온 것들

고장났지만 그래도 가지고 싶다는 친구에게 선물로 준 필름카메라, 내 영어공부를 도와주던 DVD들, 인도 여행을 가고 싶다는 말에 누군가 선뜻 선물로 줬던 여행책, 독일산 보드카 미니어처.

올리버와 함께 신었던 수면양말, 버버리 코트처럼 생긴 갈색 코트, 진한 갈색의 모카신.

현상이 끝난 필름을 볼 때마다, DVD로 봤던 영화가 방영될 때마다, 지도가 그려진 노트를 볼 때마다, 가끔 친구들과 모여 보드카를 마실 때마다, 겨울에 두꺼운 양말을 신고 잠들 때, 코트에 덮인 세탁소 비닐을 벗길 때, 그곳에서 신던 내 운동화를 볼 때마다.

나는 두고 온 너희를 기억할게.

두고 온 것이 이렇게 많은데도 이곳까지 나를 따라온 것들을 보면서 다행이다, 생각할게.

한참을 잊고 살다 가끔 떠올릴게. 고이고이 간직할게.

구원

여기저기 주변 사람들에게 빌려주고 아직 집으로 돌아오지 않은 책들이 꽤나 된다. 요시모토 바나나의 『키친』도 그중의 하나이다. 어느 날은 문득 이 책을 읽고 싶은데 책장에 없길래 언젠가 중고서점에 가면 이 책을 찾아 한 권 집어야겠다고 생각했다. 며칠 전 친구와 중고서점에 들를 기회가 생겨 『키친』을 찾았다. 총 네 권이 있었는데 그중 세 권은 상태가 좋아 보였지만 나머지 한 권은 바래지고 다 떨어져가는 책이었다. 괜한 청개구리 습성이 발동한 나는 누래진 책을 집어들었고 친구는 자신의 책과 함께 내 책까지 계산해주었다.

이 책에는 내가 좋아하는 문장이 있다. 그래서 이번에 읽을 땐 그 부분이 나오면 꼭 밑줄을 쳐놓아야지 생각하면서 읽었다. 아니나 다를까 책을 절반도 읽기 전에 그 부분이 나왔는데 전에 읽은 사람이 굵은 보라색 색연필로 내가 좋아하는 그 문장에 이미 밑줄을 쳐두었다.

사랑조차 모든 것을 구원하지 못한다.

그 사람 역시 이 문장이 맘에 들었나보다. 중반부가 넘어가면서 밑줄이 그어진 문장이 또하나 있었는데 그 문장에는 그녀(혹은 그)

가 남긴 짧은 메모가 있었다. 그때부터 나는 책을 다 읽을 때까지 어디에서 다시 밑줄이나 짧은 메모가 등장할까 기대하면서 읽었지만 더이상 흔적은 남아 있지 않았다. 책을 덮고는 이내 사랑조차 모든 것을 구원하지 못한다는 말을 믿는 누군가의 뜨거운 추억이 담긴 이 책을 내 돈으로 사지 않은 것을 다행이라고 여겼다.

　사랑조차 모든 것을 구원하지는 못하지만 우리를 구원에 가장 가까이 데려가던 것 또한 사랑이었다고 믿는다. 우리는 사랑에 구원받을 수도 있겠다는 희망을 품으며 살아간다. 속고 또 속지만 믿고 또 믿어보면서. 밑줄 친 사람은 과연 구원을 받았을까. 남자주인공의 이름에 굵게 밑줄을 치고 조그맣게 '사랑'이라며 작게 메모해두었으니 누군가를 사랑하고 있던 사람이었을 테지. 나 또한 그런 사랑에 많은 희망을 걸었었다. 구원을 희망했다. 아픈 올리버에게 최선을 다하면 조금이라도 나아지겠지 하며, 그때는 무슨 감정인지도 몰랐을 어떤 사랑을 그에게 주었다. 그러곤 매일같이 목을 맸다. 정말 구원이라도 받은 것처럼, 도리어 걱정이 될 만큼 건강이 좋아지는 날들도 있었지만 그것도 잠시였고 갈수록 그의 건강은 악화되어 갔다. 그때마다 그가 좋아지길 바라는 마음보다는 여기서 더 나빠지지 않기만을 바랐다. 또 그런 그를 바라보는 내가 무너지지 않기를 바랐다.

칠 년 전, 처음 이 책을 읽으며 나는 구원이 존재한다고 믿었다. 하지만 이제 나는 사랑이라는 구원을 바라지는 않는다. 단지 나락에 떨어지지 않기만을 바랄 뿐이다. 그리고 이제는 우리 사이에 흐르던 그 이름 모를 감정이 사랑이었구나 생각한다.

바람개비가 돌면

우리가 만든 바람개비는 여러 가지 색깔을 가지고 있었어. 바람개비는 방문을 열면 바로 눈앞에 보이는 창가에 두었는데 창문을 살짝 열면 바람개비는 풍차처럼 천천히 돌곤 했고 그때마다 우리는 씩 웃으며 복도를 지나갔지. 행복한 바람개비는 바람이 불 때마다 뱅뱅 돌면서 무언가를 자꾸 만들어내는데 난 그게 공기인지, 입자인지 아직 잘 모르겠어.

무엇이든 만드는 사람

하퍼, 우리는 자주 마주치지 못했지요. 당신은 집 아빠도 아니고, 만나는 시간이라고는 평일 오후에 의자와 테이블을 만드는 워크숍뿐. 나는 봉사자, 당신은 마을에 출근하는 직원이었으니까요. 게다가 엄격하고 무서운 사람이라 쉽게 다가가지도 못했는데 떠올려보니 할말이 참 많아 이렇게 편지를 보내요. 시간이 흘러 언젠가 나를 기억할 수 없을지도 모르겠지만, 한국에서 온 머리 긴 남자아이 정도로 기억된다 하면 그로도 충분할 것 같아요.

삼십 년 전 우리와 같은 봉사자였던 당신은 어느새 아이들의 앞에 서서 모든 것을 막아주는 사람이 되었네요. 가끔 우리는 워크숍 대신 먼 산책을 다녀오곤 했지요. 산길을 오를 때도 바다를 향할 때도 당신은 언제나 앞장서 우리를 지켜줬어요. 보온병에 담아 온 물을 따라주던, 에단의 목에 스카프를 둘러주던, 노아의 신발끈을 풀어 다시는 풀리지 않게 두 번 단단하게 묶어주던 당신의 손길. 그때 내가 배운 것들은 정말이지 참 따뜻하고 가득했어요. 그토록 거친 손길에 담긴 부드러움이 꼭 저의 아버지를 자주 떠올리게 했기에 나는 당신을 참 좋아했답니다. 투박한 손바닥과 두꺼운 손가락으로는 하지 못할 것 같던 섬세한 일들을 잘도 해냈잖아요.

사과나무가 손가지들을 흔들며 인사하는 들판에서 테이블을 만들던 때를 기억하나요? 날씨가 좋아 해가 쨍하게 뜬 날이면 우려낸 차를 한 잔씩 들고 테이블에 둘러앉아 함께 마시곤 했지요. 과자는 몸에 좋지 않다며, 달콤한 과자가 한 사람에 두 개씩만 돌아가도록 나누어주던 당신, 그리고 그 과자를 하나만 더 달라며 애원의 눈길을 보내던 아이들의 모습까지 저에겐 아직 생생해요.

"내일 민수 쉬는 날이지? 뭐할 거야?"

월요일 오후만 되면 내게 그렇게 물었고 당신은 항상 고래를 보러 가라고 했어요. 꼬깃꼬깃한 지도를 뒷주머니에서 꺼내서는 여기저기 동그라미 그려진 장소들을 가리키며, 가는 방법까지 설명해주고는 꼭 마지막에 "내일 날씨가 좋길 바라" 하며 툭 말하던 당신.

정말로 고래가 보고 싶었지만 아쉽게도 한 번도 본 적은 없었어요. 당신이 그렇게나 자랑하던 망원경을 나는 가지고 있지 않아서 그랬을 거예요. 나중에 가게 되면 꼭 멀리까지 볼 수 있는 물건을 챙겨 가도록 할게요. 그때까지 그곳을 잘 지켜주세요. 그땐 함께 고래를 보러 갈까요?

숲

우리는 자주 집 근처의 숲으로 산책을 갔었다. 아이들은 피부로 조용한 바람을 맞이하고 손끝으로 젖은 흙이 숨쉬는 소리를 들었다. 발이 땅을 차고 한걸음씩 나아가는 것이 아니라 실은 발아래의 흙과 풀뿌리가 그들을 밀어주고 있다는 것을 그들은 알고 있었을 것이다. 비가 왔다. 비가 오면 왠지 슬프지만 오늘도 나는 이곳에서 안녕해야겠지.

새벽이라 그래

지구 반대편이라 그런 게 아니라 그냥 어두워서 그래.

비가 와서 그런 게 아니라 조금 젖어서 그래.

멀리 떨어져서 그런 게 아니라 너무 가까워서 그래.

새벽이라 그래.

그냥 그래서 그래.

편지

　너의 무릎이 많이 아파서 아래층으로 이사를 해야 했을 때 나는 사실 걱정을 조금 덜었다. 왜냐하면 내 침실도 1층이었으니 너에게 무슨 일이라도 생길라치면 달려가기 쉬웠거든. 가끔 네가 새벽에 일찍 깨서 내 방에 조용히 들어와 날 놀라게 하는 아침이면 나는 놀라며 기겁했지만 한편으로는 기쁘기도 했다. 어젯밤도 무사히 넘겼다는 사실은 내 하루를 시작하기에 충분한 이유였으니까.

　그곳을 떠나면서 네가 내게 따다준 꽃들을 모아둔 유리병을 챙겨오지 못했어. 누군가가 나에게 그 유리병을 직접 건네주면서 짐이 너무 많아서 못 챙긴 거야, 아니면 귀찮아서 두고 간 거야? 하며 묻는데 눈물이 왈칵 쏟아질 뻔했다. 사실 나는 다시 돌아올 이유를 하나라도 더 남겨두고 와야 했거든. 내게 유리병은 그런 의미였으니 챙기지 않았다고 너무 서운해하지는 말길.

　소파에 앉아 책을 읽던 너에게 "산책 갈까?" 한마디 던지면 무릎 위에 있던 책을 집어던지며 일어서던 너. 휘둥그레지던 너의 눈. 자전거 타는 것보다 걷는 게 좋다고 말하던 너의 손. 어느 것 하나 여전히 생생하지 않은 것이 없어.

　오늘은 네가 병원에 입원했다는 소식을 들었어. 조금만 기다리고 있으면 형이 얼른 달려갈게. 나한테 가르쳐준 것처럼 누구보다 강하게 버텨주렴. 니가 아무리 작은 소리로 외쳐도 나는 들을 수 있으니 걱정하지 마. 내가 얼른 돌아가서 핫초콜릿도 만들어주고 니가 좋아하는 쌀음료수도 매일 따라줄게. 산책도 귀찮아하지 않고 자전거도 매일 타도록 하자. 소파에서 책을 읽을 때 네가 하마를 가리키며 말이라고 해도 나는 맞다고 할게. 이번엔 두 손 가득 트랙터 책도 사다 줄 거고 다시는 네 앞에서 울지도 않을게. 네가 하는 칫솔질이 조금 부족해도 더 노력해봐. 닦달하지 않을게. 그러니까 그렇게 조금만 기다려줘.

　세상에서 가장 아름다운 눈동자로 다시 한번 내게 꼭 사랑한다고 말해주렴.

　나는 지금 당장 너에게 눈이 되어줄 수 없고, 너의 점점 굽어지는 다리를 받쳐줄 수 없고, 함께 드라이브도 갈 수 없고, 이렇게 소주 한잔할 때마다 눈 밑이 뜨거워서 뭔가를 뚝뚝 흘려야 하지만 조금만 기다리고 있어. 언젠가 너를 보러 돌아갈게. 사랑한다.

하루 느린 시간

한국에 돌아온 후 제 노트북의 시간은 하루 느립니다. 여전히 그곳에 살고 싶은 제 마음 때문인지 컴퓨터를 잘 다루지 못하는 나의 탓인지 사실 몇 번이고 지금 이곳의 시간으로 되돌리려 노력했지만 이 멍청한 노트북은 늘 그곳의 시간만 기억합니다. 늘 하루를 번 느낌이지만 이상하게도 제가 사는 곳에서는 아무리 시간을 벌어도 쓸 곳이 없습니다. 지금 이곳은 오전 여섯시, 그곳은 잠이 들 시간인 오후 열시겠지요. 그래서 늘 눈을 뜨면 이렇게 속으로 말해요. 굿나잇!

크리스마스의 기억

카드를 만들고, 트리를 꾸미고, 선물을 주고받고, 각자 양초를 하나 씩 손에 들고 둥글게 둘러앉아 함께 지새우던 밤. 우리는 12월 1일 부터 크리스마스가 다가오기만을 손꼽아 기다렸다. 행여나 뜨거운 굴뚝을 통해 시커먼 먼지를 뒤집어쓴 산타클로스가 찾아와주지 않을까, 양말에 초콜릿과 귤을 가득 넣어주지는 않을까 기대하면서.

따뜻한 눈사람

우체국에서 배달된 편지를 보고 저는 지구 반대편에서 날아온 카드라는 걸 직감할 수 있었지요. 가족 앞에서는 카드를 열 자신이 없었어요. 금방이라도 예전의 기억들이 마구 떠올라 눈물이 터질 것 같았으니까요. 그대로 손에 꼭 쥐고 있다가 한참이 지나서야 슬그머니 제 방으로 들어가 풀칠 된 봉투를 열어보았어요.

민수, 잘 지내고 있니? 언제나 너를 기억하고 고마워하고 있어. 그곳은 어때? 행복해? 메리크리스마스!

벌써 크리스마스구나. 아 참, 우리 크리스마스 때면 모두 모여 카드를 만들었지. 별 모양, 눈사람 모양, 달 모양 모습이 모두 다른 카드들. 새벽까지 하품을 하면서 이곳을 거쳐간 모든 이들에게 보낼 카드를 만드느라 우리의 크리스마스 준비는 바빴었지. 우리는 하얀 집의 큰 테이블에 모두 둥그렇게 둘러앉아 카드를 만들었어. 색종이를 오리고 접어서 각자 한 삼사십 장을 만들고 나면 와! 하고 소리를 질렀었지. 나, 다 했어! 이제 자러 갈 수 있어! 하면서 말야. 그렇게 우리 진심을 담아 카드를 완성하면 하나둘 자기네 방으로 돌아가 푹푹 쓰러져 잠을 청하던 우리의 깊은 12월의 어느 날 밤. 다음날 누군가는 그렇게 만들어진 몇백 장의 카드를 종이가방에 담아 우체부 아저씨께 건네면서 말했을 거야. 잘 좀 부탁해요, 하고. 그 카드들은 브라질로, 미국으로, 한국으로, 슬로베니아로 또 지구 어딘가로 날아가면서 얼마나 옷깃을 여미었을까. 우리가 담아 보낸 온기를 조금이라도 더 간직해 전달해주고 싶었을 테니까 말이지. 지금 내가 집어든 이 카드를 손에 쥐니 그때 우리 작전은 성공했다 싶어. 이렇게나 따뜻한 눈사람을 만져보는 건 내 생애 처음이거든.

모두가 잠든 새벽

너희가 정말 잠들었는지 우린 심지어 확인까지 했어. 그후에 작은 나무 한 그루를 받아와 조용조용 거실로 옮겨 나무 아래 받침대를 세우고는 단단한 못으로 나무를 고정했지. 나무가 꼿꼿하게 서면 그때부터 방울이며 장미꽃에 빛나는 촛불, 별까지 달아 나무를 멋스럽게 장식했어. 나뭇가지들이 고개를 푹 숙일 때까지 무겁게 말이야.
아침에 일어난 너희의 기쁜 얼굴을 생각하면서 우리는 늦은 밤까지
깨어 있었는데 솔직히 그렇게 피곤하지는 않았던 것 같아. 직접 만
들었다는 당나귀와 예수, 마리아 인형, 우리가 준비한 선물을 나무
아래에 차곡차곡 쌓아두고 마지막에는 너희의 귀여운 슬리퍼에 귤
과 초콜릿을 가득 담아두면 어느새 새벽이 깊었지. 그때서야 모두들
털썩 소파에 앉을 수 있었어. 참 조용하게 분주했던 기억이 나. 어떤
친구의 청바지는 어디에 걸려 넘어졌는지 팬티가 훤히 보일 만큼 찢
어졌고 사람들 이마에는 땀이 송골송골 맺혔거든. 그리고 우리는 둘
러앉아 크리스마스의 만찬 이야기를 나눴어. 노릇노릇한 칠면조, 잘
익은 감자, 구운 파프리카에 아삭한 샐러드와 과일 푸딩…… 벌써
군침이 돌지 않니?

　나는 크리스마스 오전에 조금 쉬어도 괜찮대. 매일 점심을 요리하
니 크리스마스만큼은 자신이 만찬을 준비하겠다며 칠면조 레시피를
뒤적거리던 우리의 집 아빠가 그렇게 말했거든.

　"모두모두 메리크리스마스!"

가족 반지

내 오른손 네번째 손가락에는 반지가 하나 끼워져 있다. 그 반지에는 어떤 의미가 있냐고 누군가 물어보면 "그냥 가족 반지입니다" 하고 간단하게 대답한다. 하지만 반지에 대한 진짜 이야기를 시작하면 조금 길어진다.

사연 없는 가정이 없다는 말이 있는 것처럼 우리 가족 또한 크게 다르지 않았다. 우리는 다들 마음이 아팠다. 처음에는 어머니의 마음이 가장 먼저 아프기 시작했다. 그리고 그 아픔은 고스란히 우리 아버지의 몫이 되었다. 그 모든 것을 바라보기만 할 수밖에 없는 내 마음도 아팠다. 우리는 서로를 할퀴며 찢어내기에 바빴고, 찢어지면 다시 서로를 붙이는 데 바빴다. 그렇게 이십몇 년을 찢고 붙였는데도 다시 찢겼고 때가 되면 예전처럼 또 질기게 엉겼다. 내가 아일랜드로 떠난 후에도 마찬가지였나보다. 더이상 우리를 다시 붙여놓을 수 없을 만큼 아버지가 약해졌을 때 어머니는 내게 도움을 요청하셨다.

집에서 온 전화를 받은 다음날 나는 바로 한국행 비행기를 예약했고, 사흘 뒤 한국에 도착했다. 한국으로 돌아오는 비행기 안에서 내내 기도했다. 제발 아버지에게 아무 일도 일어나지 않게 해달라고. 아무도 다치지 않고 모두가 살아 행복하게 웃을 수 있게 해달라고.

자기 자신을 괴롭히고 있는 아버지도 실은, 정말 불쌍한 사람이라고. 나랑 어머니가 잘하겠다고.

몸뚱이만한 배낭을 짊어진 채 현관에 들어선 나를 본 순간, 아버지의 두 눈이 커졌다. 아버지는 내가 돌아왔다는 사실에 놀라기도 하셨고 동시에 기뻐하기도 하셨다. 우리 가족이 전부인 아버지에게, 어머니와 내가 전부인 우리 아버지에게, 당신 인생의 절반이 눈앞에 나타난 셈이었을 테니까. 내가 온 후로 조금씩 우리 가족은 안 좋은 기류들을 걷어내고 행복을 찾아가고 있었다.

그후 가족사진을 찍으러 갔다. 처음으로 찍는 가족사진이었으므로 우리에겐 상당히 역사적인 날이기도 했다. 날씨는 따뜻했고 햇살은 완벽했다. 어머니는 처음으로 메이크업을 받고 드레스를 입으셨다. 나와 아버지도 난생처음 턱시도를 차려입었다. 이런 사진을 왜 찍느냐고, 이런 옷을 군이 왜 갈아입어야 하냐고, 사진관에서 나는 연신 툴툴댔다. 그렇게 입이라도 삐죽 내놓고 있지 않으면 금방이라도 눈물이 왈칵 쏟아질 것만 같았기 때문이었다. 감정기복이 참 심한 세 사람, 모두 노력하고 있구나. 우리 이제 같이 행복하게 살 수 있겠구나. 그런 생각이 들어서 사진을 찍는 내내 입을 꾹 다물고 괜히 휴대폰만 쳐다보았다.

이 반지는 이 모든 일들을 겪고 난 후, 아버지가 나와 어머니에게 선물해주신 것이다. 두 돈 정도의 금덩이에는 아들과 부인에 대한 사랑과 미안과 감사 그리고 당신의 인생에 대한 증오와 회한뿐만 아니라 새로운 시작을 위한 다짐이 담겨 있다.

나는 여전히 아빠의 존재가 버겁다. 무겁고 소중해서 한시라도 잊을 수가 없다. 중지에 끼웠던 반지가 네번째 손가락으로 이사간 지 몇 달이 된 지금도 내 중지에는 반지 자국이 진하게 남아 있다. 언젠가 조금씩 엷어지겠지만 아직은 씻어도 지워지질 않고 시간이 지나도 없어질 생각을 않는다.

돌아간다 돌아가지 않는다

탑골공원을 걷다 우연히 발견한 네잎클로버.

잎을 떼며 중얼거려본다.

"돌아간다. 돌아가지 않는다. 돌아간다. 돌아가지 않는다."

어? 처음에 셈을 잘못 시작했네. 멍청이.

다시. 이번엔 주변에 널려 있던 세잎클로버로 다시 세어본다.

돌아간다. 돌아가지 않는다. 돌아간다.

그렇지? 나는 역시 돌아갈 운명인 거야!

3

겨울을 지나
다시 그곳으로

꿈

나는 꿈을 자주 꾼다. 꿈속에선 무엇이든 할 수 있다. 하늘을 날아 다니기도 하고 로또에 당첨되기도 하고 영화배우 대신 영화 속 주 인공이 되어보기도 한다. 한 번도 만난 적 없는 나의 친할아버지가 되어 소년 시절의 우리 아버지에게 짜장면을 사주기도 했고 어머니 가 나를 낳던 순간을 공중에 둥둥 뜬 상태로 생생하게 쳐다본 적도 있다.

꿈은 그리워하는 것들을 보여주는 창구일까. 꿈이 보여주려 하는 것들은 늘 그런 것들일까. 한 번도 본 적 없는 것들, 다시는 볼 수 없 을 것만 같은 것들, 그렇게 나를 살아가게 만드는 것들. 한국에 돌 아오고 유난히 아일랜드의 기억에 관련된 꿈을 자주 꿨다. 그때마 다 꿈에서 깨면 마음이 현실로 돌아오는 데 시간이 꽤 오래 걸렸다. 예를 들면 내가 돌보던 친구와 함께 한국행 비행기를 타고 돌아오 는 꿈, 우리 어머니가 운영하시는 복지센터에서 친구들과 함께 사는 꿈, 함께 농사를 짓고 빵을 구우며 그곳의 일상을 한국에서 살아내 는 우리의 모습을 그린 꿈들. 내 일상과 그들을 어떻게든 엮어두고 싶은 바람에 의한, 공상에 의한 꿈이 대부분이었다.

더이상 이런 꿈들을 그리워하며 아침에 일어나고 싶지 않았다. 꿈 에서 깰 때면 엎드려 자고 있던 나의 심장 박동 소리가 침대에 쿵쿵 울렸다. 그리고 그 울림은 하루종일 귓가에 맴돌았다. 언제 돌아가

든 환영받을 수 있는 곳이 있다는 것이 얼마나 행운인지, 내가 돌아 간다면 그들이 얼마나 반가워할지 알고 있었지만 쉽게 돌아갈 엄두 를 내지 못했던 것은 취직을 해서 돈을 벌어야 한다는 압박감, 아들 이 안정적인 삶을 살았으면 하는 부모님의 강력하고 강력한 염원, 나름대로 내 자신과 타협하면서도 부모님의 기대에 부응하며 살고 싶은 나 자신이 내 발목을 움켜쥐고 있었기 때문이다.

처음 아일랜드에서 일 년을 보내고 한국에 돌아와 내가 가장 먼 저 한 일은 종로 탑골공원 옆의 허름한 고시원에 자리를 잡는 일이 었다. 어떻게든 빨리 취직을 하고 싶은 마음에 '공부'라는 것을 해보 기로 했다. 학교와 일을 병행하는 무리를 감수한다 하더라도 취직을 하면 내가 뭘 해도 부모님께서 나를 자유롭게 내버려두실 것 같았 다. 그 1평짜리 방에서 나는 두 달 남짓 공부를 했고 원하는 시험에 서 어느 정도 점수를 받은 후 그해 겨울 한 회사에 인턴사원으로 들 어갔다. 회사에서는 애초에 인턴을 두 달 정도 하고 정직원으로 전 환해주겠다고 제안했으나 일을 시작한 지 육 개월 남짓 되는 순간 여러 상황이 맞물려 회사를 더이상 다닐 수 없게 되었다.

열심히 했으니 후회는 없었지만 마음속에 이상한 기운이 스멀스 멀 올라오는 것을 느꼈다. 이때다 싶었다. 아니나 다를까 몇 개월 뒤

나는 더블린행 비행기 티켓을 끊었다. 부모님께선 말도 안 된다는 표정을 지으시며 도대체 왜 가야 하는지, 가야 한다면 굳이 왜 다시 그곳인지 물어보셨지만 뭐라고 대답해야 할지 몰랐다. 너무 자주 꿈을 꿔서 그래요. 하마터면 그렇게 말할 뻔했다. 숨이 막혀서 그래요. 그렇게 말할 뻔했다.

돌아온 나의 집

아일랜드로 다시 돌아가기로 마음을 먹은 후로 줄곧 내 마음은 기대 반 걱정 반이었어요. 아이들이 과연 나를 기억해줄까, 마을 사람들은 나를 반겨줄까 이런저런 걱정들이 많았거든요. 저는 누군가에게 잊히는 걸 죽을 만큼 두려워하는 사람이니까요. 일 년 만에 지구 반대편 마을에 다시 도착했습니다. 저는 여전히 꿈을 꾸고 있는 것 같았고 마을 어귀를 돌아서고부터는 얼른 아이들을 만나고 싶어 안달이 났습니다.

마을로 들어서는 길에 푸르게 펼쳐진 잔디밭이 조금 작아 보이고 입구를 따라 나 있는 좁은 길은 예전보다 짧아진 느낌이었어요. 고작 일 년 떠나 있었을 뿐인데도 어릴 때 보던 운동장이 어른이 되어 보면 작아져 있다는 말이 실감이 났어요. 제가 더 자라서 이곳에 돌아왔다는 자신감이 들어서였을까요. 마을 주차장에 도착한 저는 트렁크에서 짐을 빼자마자 집으로 달려갔어요. 빨간 대문과 작은 나무 벤치는 여전히 그곳에 있었지만 시끌벅적하던 우리 집은 아무도 살지 않는 것처럼 유난히 조용하게 느껴졌습니다. 적막함에 잠깐 당황스러웠지만 이내 그 감정은 무색해져버렸어요. 다들 소풍이라도 갔나 생각하며 빨간 대문을 여는 순간, 사람들이 문 뒤에 서 있다가 반겨주었거든요. 그대로였어요. 에단이 소리를 지르며 달려와 품에 안기고 노아는 사람들에게 민수가 왔다며 동네방네 소문을 내고 있었습니다. 팔짱을 끼고 창밖을 바라보던 친구는 소리를 지르며 2층에서 내려오고 있었고 이전에 보지 못했던 새로운 봉사자들 또한 악수를 청하며 서로를 소개하기에 바빴습니다.

급하게 인사를 마친 뒤 저는 깨끗이 청소된 방에 배낭과 캐리어를 내려놓자마자 올리버를 찾아 나섰어요. 분명 산책을 하고 있을 테니 길 어딘가에서 마주칠 수 있을 거라 생각했거든요. 빵집을 한 바퀴 돌아 농장 근처에서 산책을 하던 올리버를 발견했어요. 파란 헬멧에 특유의 걸음걸이. 분명 올리버였어요. 내가 왔다며 멀리서 손을 흔들었고 안녕! 하고 외치며 달려갔어요. 살짝 어리둥절했나봐요. 마을 사람들에게 제가 온다는 것을 올리버한테는 비밀로 해달라고 부탁했기에 그는 깜짝 놀랐을 테지요. 진한 초록색 눈이 조금씩 흔들리는 게 느껴졌습니다. 기억해내는 데 조금 시간이 걸렸지만 이내 코를 가리키며 저를 불러주기에 와락 껴안아주었어요. 이 순간이 영원했으면 좋겠다고 생각했습니다. 우리가 짧게 인사를 나누는 동안 아이들도 올리버도 저와 함께했던 지난 일 년을 떠올렸을까요. 그때 그 행복한 순간들이 저에게만 떠오른 것은 아니었을 테니 우리는 다시 한번 잘 살아보기로 했어요.

각자의 이야기를 가지고 산다

항상 집을 청소하러 와주던 아주머니를 다시 돌아오고 나서도 볼 수 있어서 참 반가웠다. 일 년 전 내가 마주하며 지내던 사람들은 대부분 이 장소를 떠났는데 그녀는 이 장소를 여전히 지키고 있었다. 내가 올리버와 오후에 소파에서 책을 읽고 있을 때면 "거실은 나중에 청소기 돌릴까?" 하고 꼭 물어봐줄 만큼 배려가 깊은 사람이었다. 누군가 지나가면 꼭 웃으며 인사를 해주는 밝은 사람이었고 퇴근할 시간이 지나도 청소가 덜 끝나면 집에 돌아가지 않을 만큼 책임감도 강한 사람이었기 때문에 우리 집에 사는 사람들은 모두 그녀를 좋아했다. 오후 세시부터 저녁 여섯시. 그녀는 우리 집에서 가장 분주하게 움직이는 사람이었다.

어느 날은 친구가 뉴스 기사를 보라며 휴대폰을 툭 던져주었다. 화면을 본 나는 깜짝 놀랄 수밖에 없었다. '여전히 잡히지 않은 범인'이라는 제목으로 시작되는 기사에는 아주머니의 어머니로 보이는 사람과 아주머니의 사진이 있었다. 내게 기사를 보여준 친구는 펍에서 소식을 듣고는 인터넷에 찾아보았다고 했다. 워낙 작은 동네라 사람들의 소식이 빠르게 오고가는데 그때 들은 이야기가 청소를 해주시는 아주머니의 이야기인 것 같았기 때문이다.

이야기는 이랬다. 아주머니의 동생은 큰 도시에서 공부를 하고 있었는데 밤늦은 시각에 집으로 돌아갈 차가 필요해 집으로 전화를 걸었다. 어머니와 통화를 하던 동생은 이내 "저기서 히치하이킹을 해서 집으로 돌아가면 될 것 같아! 나중에 봐!" 하더니 전화를 끊었고 후에 다시는 동생을 볼 수 없었다고 한다. 아직 동생은 나타나지 않았고 누가 태우고 갔는지도 몰라 아주머니는 동생을 찾아 헤메고 있다고 기사에는 적혀 있었다.

기분이 이상했다. 저렇게 웃으면서 아무 일 없다는 듯 사는 사람이 그렇게 힘든 일을 속으로 겪고 있었다니. 다음날은 늘 그렇다는 듯 아무렇지 않게 비가 왔고 그녀도 거실에 청소기를 돌리며 나와 올리버에게 씨익 웃어주었지만 청소기 소리가 유난히 슬프게 들렸다. 세상은 가끔 이상하리만치 공평하지 못하게 흘러가기도 한다.

나무꾼

마을에서 자전거를 타고 십 분 정도 달리면 숲이 있습니다. 바로 이곳에서 겨울에 필요한 땔감을 준비하는 거예요. 장작을 패고 쪼개진 나무들은 건조를 위해 일 년 동안 작은 오두막에 보관합니다. 다음 겨울에 우리가 쓸 수 있을 만큼 나무를 해야 해요. 보일러가 없는 곳이니 마을을 위해 꽤나 중요한 일을 하는 곳이지요. 저는 이번 해 벤저민이라는 친구와 함께 일을 하게 되었습니다. 벤저민은 이 마을 사람이 된 지 햇수로 삼십 년이 훌쩍 뛰어넘었고요, 이 숲에서 일을 한 지도 십 년이 넘었어요. 말을 하지 않고 자폐증을 가진 친구지만 일상생활도 무리 없이 혼자 하고 일도 곧잘 해서 단언컨대 이 마을 최고의 일꾼이에요. 장작이 가득 담긴 손수레를 나르는 일부터, 작은 오두막에 장작을 탑처럼 차곡차곡 쌓아가는 일까지 그는 막힘 없이 척척 해냅니다. 그런 벤저민도 가끔은 게을러지기도 합니다. 그는 간질 발작을 가지고 있는데, 그래서인지 시끄러운 소리를 누구보다 싫어했고 가끔 한쪽 귀를 막고 땅에 누워버립니다. (시끄러운 소리나 자극적인 온도는 간질을 일으키는 원인이라고 알려져 있어요.) 우리가 소파에서 티브이를 보던 그 자세로요. 한 팔을 턱에 괴고 옆을 보며 비스듬히 누워버리는 거예요. 다른 한 손으로는 하늘을 향해 열린 귀를 막아버리구요. 오전에는 밭에서 오후에는 숲에서 자주 눕기 때문에 예전에는 왕자님이라고 불리기도 했답니다.

밭에서의 그는 어떤 모습인지 잘 모르지만 숲에서 일할 때면 그는 작은 벤치에 자주 누웠었어요. 누워 있던 벤저민이 어느 날 벌떡 일어나더니 손으로 숲 안쪽을 가리켰어요. 아마 산책을 가고 싶은가보다, 하곤 그를 따라나섰지요. 숲을 잘 모르는 저는 조용히 그의 뒤에서 걸었어요. 한두 바퀴 숲을 뱅뱅 돌던 벤저민이 이번엔 다시 손으로 집을 가리켰어요. 집에 가기 전 꼭 한 바퀴 산책을 하는 것을 좋아하나봐요. 그후부터 우리는 종종 산책을 했지요. 특히 겨울엔 해가 빨리 지기 때문에 장작을 패는 대신 그와 산책하는 것 또한 꽤나 즐거운 일이었어요.

그는 무슨 생각을 하고 있을까요. 우리를 스쳐가는 바람은 달리기라도 하는 듯 조금씩 거세지고 보라색과 분홍색으로 하늘이 여전히 물들어 있는 걸 보니 아직 해가 완전히 사라지지는 않았는데도 이미 숲은 온통 검은 바다예요. 나무꾼들이 집으로 돌아갈 시간입니다. 숲, 안녕!

연주하던 사람들

그레고리(기타)

아일랜드에 다시 돌아왔을 땐 많은 사람들이 바뀌어 있었고 나는 그레고리와 빠르게 가까워졌다. 시간이 날 때마다 우리는 줄곧 붙어 있었고 대부분의 시간을 맥주를 마시고 악기를 연주하며 보냈다. 그의 음악적인 감각은 정말 남달랐는데 이를테면 내가 좋아하는 노래를 틀어주면 곧바로 연주할 수 있다든지 내가 노래를 흥얼거리고 있으면 자연스레 기타로 반주를 해주는 등 절대음감을 가지고 있었다. 그는 코드가 무엇인지는 모른다고 했다. 코드의 이름이 무엇인지는 모르지만 도레미파솔라시도의 세상 속에서 자유롭게 뛰어놀던 친구였다.

어느 날 그가 나를 거실로 불러 다짜고짜 나를 소파에 앉혔다. 그는 들어봐, 하더니 육 분간 나의 영혼을 쏙 빼놓았다. 그가 연주한 〈오션〉이라는 곡. 연주를 듣는 내내 잔잔한 바다에 떠 있다가 갑자기 깊은 곳으로 가라앉더니 숨을 도저히 못 참을 것 같은 순간에 고래 한 마리가 나타나 수면 위로 밀어 올려주는 느낌이었다. 그러곤 고래와 함께 넓은 바다를 함께 수영하는 내 모습이 그려지는데, 하늘은 맑고 넓은 바다에 파도 하나 없이 조용한 날 서핑보드에 누워 선글라스를 끼고 하늘을 바라보는 나의 모습도 자연스레 상상이 되었다. 가슴속에 응어리가 묽어지고 답답한 마음이 상쾌해지는 그런 곡이었다.

눈을 뜨니 내 발아래에 있던 카펫은 조금 찌그러져 있었다. 발가락을 너무 움츠리고 연주를 들었을까. 긴장했던 몸이 조금씩 풀리며 카펫도 조금씩 제 모습을 찾아갔다.

그레고리가 이곳에 있어서 나는 자주 마음이 편해졌다.

베르캄프(피아노)

네덜란드에서 건너온 그는 수염이 덥수룩한 자신의 모습을 좋아했다. 어머니께서 보내주셨다는 매운맛 페스토를 나에게 나눠주고는 그걸 빵에 발라 맛있게 먹는 내 모습을 보며 흐뭇해했었다. 그런 그는 피아노를 쳤으며 자주 연주하던 곡은 죽음에 관한 곡이었다. 〈레퀴엠〉. 아직도 선율이 선명하게 기억날 만큼 그가 표현해내는 죽음은 원곡과는 확실히 다른 느낌이 있었다.

마을 전체가 애도의 분위기에 휩싸였던 시기가 있었다. 우리는 가까이서 친구의 죽음을 마주했고 그의 장례식을 기다리던 어느 저녁이었다. 장례식이 시작되는 저녁 일곱시까지 모든 사람들은 조용히 각자의 집에 모여 기도를 하거나 작은 목소리로 대화하며 시간을 보내고 있었다. 그러다 장례식이 가까워질 때쯤 베르캄프가 피아노 앞으로 다가갔다. 그는 피아노의 모든 뚜껑을 열었고 잠깐 무언가를 생각하는 듯싶더니 피아노를 연주하기 시작했다. 〈레퀴엠〉이었다.

사실 마을 사람들은 장례식이 끝날 때까지 음악 연주를 하지 않기로 약속했었다. 금요일에 늘 열리던 콘서트는 취소되었고 가만가만 들리던 집의 연주 소리도 잠깐 멈추었는데 그가 잠깐 그 약속을 깬 것이다.

피아노를 누르는 그의 손가락이 조금 무거워 보였다. 누구 하나 그의 연주를 말리지 않았고 말릴 이유도 없었다. 들으며 흐느끼는 사람도, 눈을 가만히 감고 무언가를 중얼거리는 친구도 있었다. 좋은 여행을 떠난 친구와 그의 아버지를 위해 바친 연주는 영원한 안식을 기원하며 마을 전체에 오래도록 머물렀다.

좋은 여행

돌보는 친구 중에 많이 아팠던 친구가 있었다. 좋은 곳으로 가기 전 며칠간 고통을 좀 덜기 위해 모르핀을 맞았고 가족들이 모두 모인 장소에서 웃으며 눈을 감았다. 이튿날 장례식을 치르기 전에 모든 마을의 사람들이 친구를 보기 위해 모였다. 주변엔 아름다운 꽃들이 흩뿌려져 있었고 촛불들이 환하게 그녀를 밝히고 있었다. 이곳에선 죽은 사람의 얼굴을 보며 함께 기도하는 것이 당연한 듯 모두가 관을 둘러싸고 그윽이 망자의 얼굴을 쳐다보았다. 여기저기 우는 사람들이 보였고 무슨 일인지 분위기를 감지한 장애인 친구들은 근처를 돌며 사람들의 얼굴을 살피기도 했다. 마을에서 이십 년이 넘도록 함께한 그녀는 마을 사람들에게 가족 그 이상의 존재였기에 한동안 그 슬픔은 가시지 않았으리라.

그렇게 나는 태어나 처음으로 눈앞에서 망자의 얼굴과 마주했다. 당장이라도 눈을 뜰 것 같고 겉으론 깊은 잠을 자고 있는 것 같은 편안한 얼굴을 하고 있었지만 친구는 고통이 없는 긴 여행을 떠난다는 사실에 조금은 상기되었는지 두 주먹과 발을 한껏 움츠리고 있었다. 나는 고개를 숙여 인사했다.

친구 중에도 아버지를 일찍 여읜 친구가 있다. 폐암이었다. 내가 군대에 있을 때 친구의 소식을 들었기 때문에 바로 찾아가 위로해줄 수는 없었지만 제대 이후 우리는 만나 술을 한잔하며 괜찮냐고 물었다. 그랬더니 친구는 씩 웃으며 내게 말했다.

"차라리 너희들이 겪을 거 빨리 겪은 거라 생각하면 마음이 편해져. 또 나는 아버지 눈감는 것도 옆에서 봤으니 다행이지. 위로하지 마. 다 겪는 거니까."

미래에 내가 경험할 것 중에 죽음이 있다는 걸 나는 생각하지 못하고 있었다. 또 죽음에 좋고 나쁨을 어떻게 나눌 수 있냐며 죽음을 단순히 부정적이게만 생각했던 나였다. 죽으면 우리는 그 사람과 눈도 마주칠 수 없고 대화도 할 수 없으니 단순히 슬픈 것 아니냐며 친구에게 하마터면 말할 뻔했지만 요즘은 세상에 좋은 죽음이 분명히 존재한다는 것을 느낀다.

그들은 표현은 서툴렀지만 분명 누군가에게 행복을 나누어주는 사람이었다. 고통 없이 눈을 감을 수 있고 가족들이 마지막을 지켜준다는 것이 얼마나 아름다운 일인지 나는 아직 상상할 수는 없지만 언젠가 꼭 마주해야 할 죽음이라면 그런 장면이 그려졌으면 한다.

눈을 다시 떠 이곳 너머의 삶을 새롭게 시작하게 된다면 그때는 고통 없는 세상에서 안녕하면 좋겠다.

비 오는 오픈 데이

일 년에 한 번씩 지역 사람들을 초대해 여러 이벤트를 만드는 바자회가 열립니다. '오픈 데이'라는 축제입니다. 마을 여기저기 탁자 위에는 먼지 묻은 물건들이 진열되기 시작하고 사람들은 외부의 손님들을 맞이할 준비에 바빠요. 와플 굽는 냄새가 마을에 진동을 하고 누군가는 돌을 쌓아 화덕을 만들어 이탈리아식 피자를 만들기도 해요. 도로와 잔디밭 여기저기는 미니게임들이 설치되어 있고 재작년 제가 게임 진행을 맡았던 '물총으로 촛불 끄기' 게임도 어딘가에서 진행되고 있겠지요.

지난주 회의에서는 마을 사람들 모두 각자의 역할을 나눠 맡았는데 저와 다른 한국인 봉사자들은 김밥, 만둣국 그리고 잡채를 만들어 팔기로 했어요. 한 친구가 쉬는 날 큰 도시에서 여행가방 가득 냉동만두와 재료들을 사 왔습니다. 바자회 전날 우리는 거의 밤을 새우다시피 야채로 만둣국에 쓰일 육수를 끓이고 내일 판매할 김밥의 재료들을 미리 준비해두었어요. 또 색깔 종이에는 큼지막하게 'KOREAN FOOD'라고 써 붙였고 종이박스를 접어 만든 메뉴판에는 채식주의자를 위한 음식과 채식주의자가 아닌 사람들을 위한 음식을 따로 구분해 적어두었습니다. 밤새도록 잘 팔렸으면 하는 걱정과 정성도 듬뿍 담아 우리는 음식을 만들었어요.

아침이 되니 아쉽게도 비가 내렸습니다. 하지만 사람들은 개의치 않는다는 듯 우의를 쓰거나 후드를 푹 뒤집어쓰고 마을 여기저기를 돌아다니며 구경을 합니다. 그들은 역시 이곳은 아일랜드구나, 생각하게 만들었어요. 백 명이 먹을 수 있는 양의 잡채를 준비했지만 오전이 채 지나가기도 전에 동이 났고 김밥도 즉석에서 싸는 족족 모두 팔리다보니 입맛만 다시는 사람들이 음식을 파는 부스 근처에 많아졌어요. 만둣국을 끓이다보니 만두피가 터져 국물이 탁해지고 만두소가 떠다녔지만 그것조차도 사람들은 좋아해주었어요. 우리는 기분좋게 장사를 접고 정리를 시작했답니다.

여유로운 시간

일어나보니 하얀 베개에 불그스름한 것들이 잔뜩 묻어 있다. 밤새 심하게 긁었나보다. 눈을 뜨자마자 침구류를 모두 가지고 나가 털고 는 베갯잇과 이불커버를 벗겨 빨래했다. 이럴 때면 꼭 편집증이 있는 사람 같다. 이 상황이 나는 너무 싫다. 내가 어찌할 수 없는 내 모습은 나를 울게 만든다. 빨갛게 달아오른 내 몸을 남들에게 보여주고 싶지도 않다.

아일랜드에 돌아와 아토피가 심해졌다. 하지만 정확한 원인을 모르니 대처할 수가 없어 막막하기만 했다. 한국에 있을 때는 이 정도까지는 아니었는데 왜 이렇게 심각해진 건지 알 수가 없었다. 다른 사람들의 의견을 들어보니 밀가루 때문이다, 물이 석회질이라 그렇다, 술과 담배 때문이다, 집에 사는 고양이들 때문이다, 집에 먼지가 너무 많다 등의 추측이 난무했고 그중에는 아토피가 무엇인지 모른다는 친구들도 더러 있었다.

보통 목과 팔에 아토피가 도지곤 하는데 하루는 온몸에 아토피가 번져 간지러움과 따가움 때문에 도저히 일상생활이 불가능한 상태가 된 적이 있었다. 아이들을 돌보지도, 요리를 할 수도, 제대로 밥을 먹을 수도 없을 만큼 피부에 문제가 생겨 하루 정도는 쉬기로 했다. 한국에서 준비해온 스테로이드 연고를 펴 바르고 알약 뭉치를 먹었지만 금방 잠잠해질 놈이 아니기에 조용히 산책을 나가기로 했다. 옷을 입으니 벌건 상처 부위들이 쓸려 고통스러웠지만 시원한 바람을 맞으면 조금 나아지지 않을까 희망을 품으며 마을에서 조금 떨어진 숲으로 향했다.

숲은 내가 오후마다 장작을 패는 곳이지만 그날만큼은 충분한 휴식이 목적이었기 때문에 평소 가던 길과는 반대로 걸어 조금 더 깊이 걸어들어갔다. 작은 벤치를 발견하고는 그곳에서 상의를 전부 벗고 가만히 앉아 있기로 했다. 연고를 바르고 약을 먹어서인지는 모르겠지만 따가움과 간지러움이 사라지고 있었고 피부 아래에서 솟아오르던 뜨거운 열기도 조금씩 가시는 중이었다. 쉬는 날을 제외하고는 이렇게 여유로운 시간을 가져본 적이 없었다. 나무들 틈새를 돌다 내게 불어오는 시원한 바람을 맞으며 축축한 벤치에 엉덩이가 젖도록 앉아 있었다. 점점 어둠이 다가오기 시작해서야 그만 집으로 돌아가기로 했다. 옷을 입어야 했을 땐 다시 상처가 쓰라렸지만 내 방으로 돌아가는 동안만 참기로 했다. 아토피가 심하게 피부를 괴롭힐 때는 땀이 가장 강력한 적이라 뛰면서 산책을 할 수는 없지만 이렇게 가끔은 깊은 숲에 들어와 나를 돌보기로 마음먹었다. 이곳에서는 발가벗은 나의 모습을 아무도 볼 수 없을 테니까.

그럴 수밖에

믿기지 않는 꿈같은 순간을 공유했다는 것.

그래서 새벽하늘, 구름 뒤에 숨은 별과 달을 함께 마주하던 우리의 풍경은 가끔 눈이 부시다는 것. 손바닥 가득한 민들레 꽃씨를 들판으로 보내주던 순간. 말없이 마음으로 대화할 수 있다는 것. 매일 새로운 집으로 이사하는 기분이 드는 것. 새소리가 물든 아침에 함께 눈을 뜨고, 귀를 쫑긋해보는 것.

향기가 담긴 사진에 코를 박으며 쿵쿵대보는 것.

그러곤 넓은 기쁨 아래 함께 숨는 것.

쉽게 깨달을 수 있는 것들에 진실은 없다는 것. 손닿지 않는 곳에 존재하는 것들은 아름답다는 것. 당신의 말을 사랑한다는 것. 보이지 않고 들리지 않으며 만질 수 없지만 영원히 남은 무언가가 여기에 존재한다는 것.

시간이 흐를수록 아마 이런 생각이 들겠지. 아, 난 너를 그때 만날 수밖에 없었구나.

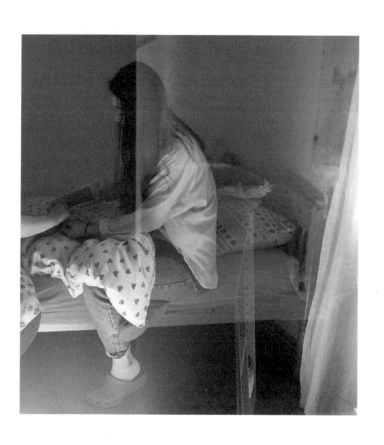

관계

소중한 물건이나 기억을 건네주는 사람에게 나는 무엇으로 보답해야 할까. 이 물건이 그들에게 얼마나 큰 부피를 차지하는지 알아야 할 것이며, 내가 가진 것 중에서 그에 합당하는 것이 있는지 찾아보도록 해야겠다. 셈 없는 관계도 나쁘지 않지만 묘하게나마 등식이 성립하는 관계도 나는 참 좋다.

고기를 먹는다는 것

"으악, 그걸 어떻게 손으로 만져? 손에 묻은 빨간 거 피 아니야?"

고기를 손질하는 나를 보며 채식주의자인 한 영국인 친구가 내게 인상을 찌푸리며 말을 건넸다. 그는 날카로운 칼을 든 내 모습을 가까이서 보기 힘들다는 듯 고개를 돌리면서도 도마 위를 힐끔힐끔 쳐다보고 있었다. 사실 채식주의자뿐만 아니라 고기반찬을 평소 즐기는 친구들에게도 고기를 손질하는 장면은 썩 매력적으로 다가오지 않을 것이다. 핏물이 흐르는 덩어리를 잘게잘게 썰어내는 칼질은 소리조차 잔인하게 들릴 수 있었으니까. 만약 내가 요리 담당이 아니었다면 나 또한 평생 거대한 고깃덩어리를 칼로 썰 기회는 없었을지 모른다.

채식주의자를 제외한 모든 사람들이 음식을 맛있게 먹긴 했지만 우리는 재료를 준비하는 장면에 대해서는 언급조차 하지 않았는데, 시선이 그렇다보니 무의식적으로 나에게도 고기 요리에 대한 거부감이 있었나보다. 보통 잠들기 전에 다음날 점심으로 무엇이 좋을까 생각하다 잠이 들곤 했고 그때마다 고기류보다는 채소로 할 수 있는 요리에 대해 우선순위를 두었다. 밭에서 내일은 어떤 채소가 배달오고 그것을 이용해 만들 수 있는 한끼 요리는 어떤 것이 있을까 하는 고민들이 먼저였지, 냉동고에서 고기를 가져와 요리하는 생각이 냅다 들지는 않았다. 불고기, 스튜, 스테이크, 굴라시, 잡채 등 고기를 이용해 만들 수 있는 요리도 많았지만 브로콜리 튀김, 감자전, 양송이크림스파게티, 가지볶음, 두부 탕수육처럼 육류를 사용하지 않아도 다양한 음식을 만들 수 있었기 때문에 굳이 고기를 요리하지는 않아도 모든 사람들의 식욕을 만족시킬 수 있겠다는 생각에서였다. 가끔 친구들이 고기를 원할 때는 군말 없이 냉동 창고로 가서 단단히 언 고기를 한 덩이 가져와 요리했지만 그것도 일주일에 한 번 정도면 충분했다.

어느 날은 한 봉사자가 겁에 질린 표정으로 아침부터 다가왔다.

"너 봤어? 본 적 있어?"

아무것도 모르는 나는 고개만 갸우뚱했다.

"우리가 키우던 소 말야. 어딘가로 가버렸어. 엄청 큰 갈고리를 가진 트럭이 오더니 소를 매달아 갔어. 새벽에 혼자 창고에 가는 길에 봤는데 나 지금 조금 슬퍼지려 해."

그가 묘사하는 장면을 모두 들을 수 없을 만큼 내용은 충격적이었다. 이야기를 듣고 일주일 뒤 우리 마을의 냉동 창고는 다양한 부위의 고기들이 포장되어 꽉꽉 채워져 있었는데 한동안 고기 요리를 하지 못하겠다는 생각도 들었다. 한 번도 공감해보지 못했던 채식주의자들의 마음을 조금씩 이해하기 시작해서 고기 먹는 일이 조금 드물어지긴 했지만 구태여 육식을 멈추거나 하지는 않았다. 생태계에 인간이 관여하여 조종하고 자연의 이치를 깨트리는 일이 싫을 뿐 고기를 먹는 일은 지극히 자연스러운 일이니까 말이다.

고슴도치 밥 주기

고슴도치가 나타나기 시작했어요. 우리 집 빨래방 앞에는 고양이 밥그릇이 있었는데 그것을 노린 일당이었지요. 아침저녁으로 두 번 고양이 밥그릇을 채워주곤 했는데 꼭 저녁에 고슴도치들이 나타나 남은 사료들을 먹어 치웠어요. 작은 고슴도치 한 마리, 큰 고슴도치 한 마리. 집 안에서 빨래방이 내다보이는 작은 창이 있었는데 가끔 그 문을 벌컥 열고 사람이 나타나면 짧은 다리로 열심히 도망가기 바빠요. 처음 고슴도치를 봤을 때는 영어단어가 생각나지 않아 "몸에 바늘을 두른 동물이 나타났어!"라고 사람들에게 설명했었던 기억이 나요.

우리집의 고양이들은 저녁에는 대개 사료를 남기는데 그걸 알아챈 고슴도치들이 나타나기 시작한 무렵부터 저는 은근히 사료를 조금 더 부어놓았어요. 어딘지 모를 먼 곳에서 왔을 텐데 배는 채우고 돌아가라는 맘에서였지요. 괜한 걱정이었는지는 모르겠지만 항상 새벽에 나가보면 그 밥그릇은 싹싹 비어 있었는데 그때마다 마음이 좋아졌어요.

어느 날 빨래방으로 가려는데 고슴도치가 고양이 사료를 먹고 있었나봐요. 문을 너무 벌컥 열었는지 큰 놈은 냅다 도망치는데 작은 놈은 사료를 먹다 정신이 팔려 도망갈 타이밍을 놓쳤고 한참 뒤 저를 눈치채고는 고양이 밥그릇 뒤에 있는 작은 신발장에 숨었어요.

얼마나 귀엽던지. 마저 먹으라며 저는 다시 들어가 창으로 빼꼼 내다봤는데 슬금슬금 조심스럽게 큰 놈이 다가오더니 작은 놈을 신발장에서 구출해 데리고 사라져버렸어요. 그뒤로는 밤에는 괜스레 조용히 문을 열고 다녔답니다.

모허의 절벽

"아일랜드 서쪽으로 가면 높이가 1킬로미터나 되는 절벽들이 줄을 지어 있어. '모허의 절벽'이라고 불리지!"

물론 하퍼가 나를 놀리기 위해 한 말일 테지만 나는 정말 그럴 수도 있을 거라 믿었다. 높이가 1킬로미터면 도대체 얼마나 높은 거야? 눈으로 확인해보고 싶었기에 나는 실행에 옮기기로 했다. 쉬는 날, 친구들을 모두 모아 미니버스에 태우고 아침 일곱시 즈음 서쪽을 향해 차를 몰기 시작했고 세 시간이 지나서야 나는 그곳에 도착할 수 있었다.

가는 여정은 정말이지 피곤했지만 모허의 절벽에 도착하니 피곤이 무엇인지 생각도 할 수 없을 만큼 멋진 풍경이 가득했다. 높이가 1킬로미터라며 장난을 치던 하퍼의 말을 믿어버리게 될 만큼 눈앞에 펼쳐진 깎아지른 절벽과 거대한 자연이 끝없이 펼쳐져 있는 광경이 입을 쩍 벌리게 만들었다. 정확히 높이가 몇 미터인지 알 수는 없지만 분명한 건 파도가 절벽 아래를 때리는데도 아무 소리가 들리지 않을 만큼 내가 서 있는 곳은 아득히 높았다는 것이다. 볼 것이라고는 잔디가 펼쳐진 절벽밖에 없는데도 이 먼 곳을 많은 사람들이 보러 오고 있었다. 대중교통이 발달하지 않았으니 더블린에서 왕복으로 일곱 시간이 넘도록 버스를 타야 하는데도 피곤함이 무색해지는 절경이었다.

절벽을 따라 나 있는 길이 자그마치 8킬로미터라고 한다. 험하지 않은 그 길을 걸으며 괜히 발을 잘못 디딜까 조금 더 안쪽으로 걸었다. 끝까지 닿고 돌아오는 길. 누군가와 손을 잡고 돌아오고 있었는데, 그래서인지 영화에서 보던 것처럼 해가 밝게 빛나지는 않았지만 구름 낀 모허 절벽도 운치가 있었다. 아찔하게 우뚝 솟아 있는 절벽 아래를 고개만 빼꼼 내놓고 내려다보면서 자연이 얼마나 위대한지 또 깨닫게 되던 그때, 나는 조금 숙연해졌다. 대서양 한가운데 꿋꿋이 서 있는 이 높은 절벽들이 무너지는 날이 언젠가 올까? 누군가에게 이곳을 소개할 때 이렇게 말해야지.

"높이가 1킬로미터인 절벽이 아일랜드에 있어. 그 절벽은 말야……"

훅헤드Hook Head에 있는 등대. 아일랜드 해안은 물살이 거세고 암초가
많아 옛날부터 사고가 잦았고 그래서 등대의 역할도 상당히 중요했다
고 한다. 올리버와 내가 처음이자 마지막으로 휴가를 보낸 곳. 날씨가
흐리면 제대로 서 있지도 못할 만큼 바람이 불지만 청명한 날씨에는 언
제 그랬냐는 듯 고요하게 사람들을 반긴다.

아름다운 힘

손님이 방문했다. 우리 집에 살고 있는 봉사자의 아버지이자 대안학교의 교장선생님이셨다. 부드러운 손짓과 걸음걸이, 말투까지 꼭 『창가의 토토』에 등장하는 교장선생님 같았다. 교과서의 책장 대신 풀잎을 감싼 솜털의 질감을, 아스팔트 도로보다는 흙길을, 아이팟의 음악보다는 직접 연주하는 음악 소리를, 분열보다는 화합을, 그리고 자연에 묻어 있는 순수와 평화를 사랑하는 분이셨다. 사람에게 질감이 있다면 그는 꼭 고목의 껍질 같을 것 같다는 엉뚱한 생각도 들었다. 세월에 단단하고 거칠어졌지만 뽐내지 않고 조용히 자리를 지키는 그런 오래된 나무. 실제로 그와 악수할 때의 느낌은 마치 단단한 나무껍질을 손에 쥔 느낌이었다.

이야기하는 내내 그는 이미 우리의 삶을 잘 알고 있는 것 같았다. 대화 주제의 폭이 점점 넓어지고 깊이는 더해져만 갔다. 이야기를 조심스레 듣다가 한마디씩 조언도 아끼지 않았는데 그 이유는 예전에 그 또한 우리 마을과 같은 성격의 장소에 살았기 때문이란 걸 나중에 알게 되었다.

그는 음악도 좋아해서 피아노로 함께 연주도 하고 펍에서 기타를 치며 노래를 부르기도 했다. 어느 날 펍에서 그가 내게 귓속말을 했다.

"〈아이언 스카이〉라는 노래를 들어보렴. 파울로 누티니라는 가수의 노래야. 네가 참 좋아할 것 같아 추천해주는 거야."

다음날 나는 눈을 뜨고 감을 때까지 파울로 누티니의 노래를 들었다. 멜로디와 가사도 너무 좋았지만 사실 그보다 더 매혹적이었던 건 노래 중간 부분에 나오는 찰리 채플린의 목소리였다. 〈위대한 독재자〉라는 영화에 나오는 연설문을 그대로 붙여 노래에 녹아내었는데 내가 가장 좋아하는 부분에서 찰리 채플린이 이렇게 말했다.

기계 같은 사람들에게 우리를 내어주지 맙시다. 기계 같은 마음, 기계 같은 심장을 가진 사람들에게 우리를 내어주지 맙시다. 당신은 이 삶을 자유롭고 아름답게 만들 수 있는 힘이 있습니다. 이 삶을 아름다운 모험으로 만들 수 있습니다. 그 힘을 펼쳐주세요.

가수의 목소리에 한 번, 흘러나오는 연설을 듣다가 한 번. 뒤통수를 한 대 강하게 맞은 것처럼 정신이 번쩍 든다. 강한 목소리에 담겨 있는 아름다움에 대한 의지, 무기력한 삶의 의지에 대해 우리에게 내밀어주는 손길. 가끔 내가 무너지는 걸 느낄 때마다 이 음악을 들으면 불끈불끈 힘이 나는 기분이다.

감정의 파도

나는 정말 긍정적인 사람이지만 부정적인 생각들도 못지않게 자주 하는 사람이다. 그런 와중에도 사람들은 내게 '행복한', '잘 웃는', '활기찬' 등의 수식어만을 붙여주는데 그도 그런 것이 겉으로는 긍정적인 모습만을 보여주려 하기 때문에 사람들은 뒤에 가려진 얼굴을 잘 보지 못하기 때문이리라.

어느 날은 가끔 이유도 없는 우울함에 땅으로 꺼질 것 같으면 가지고 있는 행복한 기억을 마구 떠올려본다. 아이들과 처음으로 나무 의자를 완성했던 이야기, 새벽에 트랙터를 타고 산에 올라가 해 뜨는 것을 바라보던 이야기, 내가 발견한 장소에 사람들과 소풍을 갔던 이야기, 닭 모양의 빵을 구워 손에 들고 마을을 몇 바퀴 돌던 와중에 무지개가 떴던 이야기, 밤새 젖소가 울어 무슨 일인가 했더니 다음날 축사에 눈도 채 못 뜬 송아지가 태어난 이야기, 목요일마다 내 라자냐를 주문하던 사람들 이야기, 해가 구름에서 벗어난 날이면 누가 먼저랄 것도 없이 밖으로 나가 잔디밭에 눕던 이야기, 기타를 연습해서 처음으로 노래 한 곡을 완벽히 연주해본 이야기⋯⋯.

이렇게나 나를 기쁘고 행복하게 만드는 기억들이 많은데 왜 가끔 우울 스위치가 켜지는지 궁금하다. 혼자 있으면 아무도 나를 건드리지 않는다며 나를 위로하면서 기회만 있으면 숨을 곳을 찾고 도망을 다니려고 하는 내 모습은 애처롭기도 하다. 오는 전화를 받는 것이 가끔 두려워 한참을 망설이다 어쩔 수 없이 받거나 혹은 '지금은 전화를 받을 수 없습니다'라는 메시지를 보내며 전화를 돌려버린다. 카페 구석자리에 앉아서 눈에도 들어오지 않는 영화를 몇 시간 동안 멍하니 쳐다보다가 집에 돌아온다거나 굳이 사람들이 북적대는 곳에 가서 남들이 대화하는 것을 조용히 엿듣고 오는 날도 많다. 소심한 나는 가끔 누군가 무심코 한 말들을 진심으로 여겨 한참을 상처받았다가 이내 장난이었겠지 하며 나를 위로하기도 하고, 수신을 거부했던 전화들이 신경쓰여 다시 그 번호로 전화를 하고는 상대방이 전화를 받지 않으면 화가 났나? 혼자 생각한다. 가끔 일부러 전화기를 집에 두고 밖에 다녀오는 날 문밖을 나서면서 이내 쌓여 있을 메시지들을 걱정하고 내가 왜 대답을 제때 못했는지 설명해야 할 핑계들을 생각한다.

　가끔 '혈액형별 성격' 같은 글들을 매우 진지하게 읽으면서 고개를 끄덕이고 심지어 정확히 들어맞음에 괴성을 지르기도 하는데 이 모든 감정들은 아마 내가 소심한 A형이기 때문에 그런 게 아닐까 싶기도 하다. 이런 지질한 내 모습도 사실은 사랑해주고 싶지만.

오 마이 러브

집 엄마 도리스의 생일이에요. 예순을 넘긴 나이에 생일파티가 무슨 의미가 있느냐며 손을 휘이휘이 내저으면서도 기쁜 마음에 그녀의 입꼬리는 한껏 하늘로 올라가더니 꼭 소녀처럼 웃고 맙니다. 악기를 연주하고 노래하는 것을 좋아하던 우리집의 봉사자 친구들은 각자 한 곡씩 연주를 선물하기로 했습니다. 피아노로, 목소리로, 기타로 우리는 그녀를 행복하게 해주고 싶었거든요. 평소 우리가 거실에 모여 함께 연주할 때 그녀는 언제나 소파에 앉아 귀기울이며 좋아해주었어요. 저는 서툴게 피아노를 치며 존 레논의 〈오 마이 러브〉를 불러주었어요. 식사를 하며 언젠가 한번 그녀가 존 레논을 좋아한다는 것을 들었는데 마침 그때 제가 빠져 있던 노래가 〈오 마이 러브〉였지요.

다른 친구들은 〈월광〉과 〈오션〉을 연주했지요. 우리의 연주가 끝나기 무섭게 에단이 피아노에 앉아 피날레를 장식했어요. 도레미로 시작해 도레미로 채워지고 도레미로 끝나는 삼십 초의 연주가 끝난 후 작은 콘서트는 막을 내렸고 이어서 들어오는 케이크와 함께 그녀가 또 한번 소녀처럼 웃어주었어요.

여전히 그때의 소리들이 들릴 때가 있어요. 볼륨을 아무리 키워보려 해도 크게 들리지는 않지만 희미하게나마 들리는 추억에 가끔 그곳을 그리워할 수 있다는 것만으로도 다행이다 싶어요.

알란과 도리스

각 집에는 집 부모라고 부르는 사람들이 있어요. 이분들은 평생을 이곳에 사시거나 오랫동안 봉사활동을 하면서 지내는 분들이에요. 경험이 풍부하고 이곳의 사정을 잘 아는 사람들이다보니 집에서 조언자의 역할을 한답니다. 한국으로 돌아갔다가 다시 아일랜드에 왔을 때는 집 부모가 바뀌어 있었어요. 젊은 시절 봉사자로 만났다는 그들은 예순이 훌쩍 넘은 나이임에도 여전히 봉사활동을 하며 오순도순 지내고 있습니다. 아일랜드, 스위스 사람이지만 결혼을 하신 후 아일랜드에 자리잡고 살게 되었지요. 이 노부부에게는 참 로맨틱한 구석이 있답니다.

알란은 전형적인 영국 남자예요. 무엇 하나 틀어진 것을 보면 그냥 넘길 수 없어 바르게 해야 하고 또 할말은 그 자리에서 해야 해요. 정말 직설적이죠. 도리스는 스위스 사람이지만 그저 한국의 어머님들과 똑같다고 생각하시면 이해하기가 편할 것 같아요. 저희 어머니가 그렇거든요. 혼자 농을 던지시고는 혼자 웃으세요. 너무나 사랑스럽게.

마을 외부에서 오신 분들이다보니 두 분이 살아오신 방식과 이 마을의 생활방식이 달라 주변 사람들과 가벼운 충돌들이 있기도 했습니다. 물론 그럴 때마다 두 분께서는 꼬옥 서로의 편이 되어주었습니다. 정말 팥으로 메주를 쑨대도 서로 응원해주는 모습을 자주 볼 수 있었어요.

어느 날은 알란이 혼자 영국으로 일주일 정도 떠나게 되는 날이었어요. 부인의 볼에 키스를 해주더니 저를 쳐다보시면서 이렇게 말씀하셨어요.

"나 없는 동안 나의 달링My Darling 잘 지켜줘, 민수."

우리 부인도 아니고 우리 마담도 아니고 나의 달링이래요. 내 자기를 잘 지켜달라고 말해요. 무릎이 아파서 지팡이를 짚고 다니면서, 정작 자기는 몸이 안 좋아서 침대에 자주 누워 있어야 하면서. 순간 제 머릿속 사랑의 질서가 새로 정립되는 순간이었어요. 아름다운 결혼생활이라는 것이 있을까 싶다가도 그들을 보면 아마도 내가 바라는 나의 미래의 모습은 이런 게 아닐까 했어요. 뜨겁지 않다 하더라도 온 우주가 당신인 그런 느낌. 정말 저도 언젠가 누군가를 만나 서로에게 질서가 되어줄 수 있다면 너무 좋겠다 가끔 생각했어요.

여러 잼들과 버터, 티백을 담은 주전자가 있는 모습을 보니 서퍼를 차
리는 중인가보다. 오후 일과를 끝내고 돌아와 함께하는 서퍼 시간은 차
분한 대화를 주고받으며 하루를 마무리하는 과정의 시작이었다.

장애에 대하여

친구가 특수교육 선생님이 되었다. 축하하는 마음으로 그를 만났
지만 친구의 얼굴은 그렇게 밝지만은 않았다. 친구가 그랬다.

"나 사실 아이들을 직접 가르칠 수 있을까 겁이 좀 난다. 첫 사회
생활이라 그런가. 하지만 장애를 가진 친구들을 가르치는 게 정말로
쉬운 일이 아니잖아. 이론적으로는 교육학, 심리학 이런 것들을 많
이 배워왔지만 시스템상 우리가 실제로 장애를 가진 학생들을 만나
서 함께 활동하고 지도해볼 기회는 몇 번 없었단 말이야."

예전에 그를 만났을 때도 친구는 비슷한 걱정을 하고 있었기에 그
에게 나의 경험을 이야기해주면 조금이나마 도움이 될 것 같아 많은
대화를 나누었다. 나름대로 직접적인 경험이니 이론과는 거리가 멀
다 하더라도 그에게 도움이 될 것이라고 생각했기 때문이다. 하지만
이번에 다시 마주한 그의 얼굴을 보면서는 조금 다른 이야기를 해주
어야겠다는 생각이 들었다. 내가 겪었던 상황들, 그 상황에 내가 느
꼈던 감정들, 또 어떻게 그 상황을 대처해나갔는지를 토시 하나 빼
놓지 않고 다 쏟아내주었다.

가장 기억에 남는 대화는 우리가 장애인들과 지내면서 곤란한 상
황에 빠졌을 때, 우리의 감정이 제어되지 않는 상황이 오면 어떻게
대처해야 하는지에 대한 이야기였다. 물론 이렇게 말하는 건 아일랜
드에 지내면서 새로운 봉사자들이 도착하면 늘 자주 나누던 대화이

기도 했다. 이것은 행동의 근본이 어디서부터 시작되느냐에 대한 생각의 차이였다.

"야, 나는 우리가 돌보는 사람들의 마음속에 천사와 악마가 같이 산다고 생각했어. 종종 이 천사와 악마가 싸우는데 천사가 질 때는 돌발적인 행동이 나오는 거지. 그렇게 생각하면 가끔 좀 위안이 되더라. 아이들이 너를 때리거나 침을 뱉고 깨물면서 혼자만의 세계를 만들어버릴 때마다. 그렇게 생각하면 조금은 도움이 되지 않을까?"

그 말은 진심이었다. 올리버가 나를 깨물고 차고 침을 뱉을 때 올리버 속에 있는 악마가 올리버를 조종하는 거라 생각하며 대부분의 상황을 넘길 수 있었다. 그럴 때마다 잠깐 다른 봉사자 친구에게 올리버를 봐달라고 부탁하곤 오 분 정도 바깥바람을 쐬거나 찬물을 한 모금 마시며 큰 숨을 들이쉬는 것으로 다시 올리버에게 돌아갈 수 있었다. 내 속에 있는 악마가 그의 앞에서는 나를 이길 수 없도록.

아프고 불편한 사람을 도와주고 싶은 건 인지상정이지만 그들과 24시간 365일을 함께하는 것은 분명 큰일이었다. 가족끼리 등 돌리고 갈라서는 일도 흔한 이 시대에 피도 한 방울 안 섞인 청춘들이 어떻게 함께 살아갈 수 있었을까. 여전히 잘 믿기지는 않지만 사회에서 소외된 위치에 존재하는 자들에게 눈을 조금씩 돌리려는 작은 노력이 모여 우리는 희망을 만들 수 있었다고 말하고 싶다. 사람을 이해하고 배려하는 법과 말이 아닌 마음으로 대화하는 법을 배우고 또 악마를 이기는 법도 우리는 그렇게 배울 수 있었다. 소위 말하는 '정 상적인 사람'이 만들어놓은 세계에서 그들이 쉽게 적응하기란 쉽지 않을 것이다.

내가 그들에게 도움을 주다가 돌아왔다고 생각하지 않는다. 그들 은 내게 살아가는 법과 삶에 대한 의지를 보여주었으며 서로를 사랑 하는 법을 가르쳐주었다. 그리고 이제는 내가 지내게 될 이 사회에 서도 받은 사랑을 조금씩 나누어주는 사람이 되어 살아가고 싶다. 사람이 곧 삶인 세상만큼 아름다운 곳은 없다. 사랑은 그런 이유로 존재한다고 믿는다.

장애를 장애로 만들지 말았으면. 불편함이 장애로 불리게 되고, 장애가 사람과 사람 사이, 삶과 삶 사이에 가로막이 되고 나면 그것 이야말로 장애가 된다고 생각한다.

바람이 선선하게 부는 봄과 여름 사이. 우리는 빨간 대문 앞에 모여 단체사진을 찍었다. 그리고 사진을 인화해 식사 테이블 옆 선반에 올려두고 매일매일 보았다.

그의 부재

새벽녘 눈을 떴다. 스피커에서 올리버의 숨소리가 들리지 않아 기분이 영 찜찜했다. 가끔 그가 돌아누워 잘 때는 숨소리가 옅게 들리긴 하지만 오늘은 아무런 소리도 들리지 않는다. 잠깐 확인해보기로 했다. 올리버의 방 쪽으로 가보니 이상하게 문이 열려 있다. 열린 문 틈새로 불빛이 새어나오고 있어 깜짝 놀라 들어가보니 방에는 아무도 없다. 어젯밤 너무 깊이 잠들어 올리버가 움직이는 소리를 듣지 못했던 걸까. 심장이 빠르게 뛰고 얼굴이 터질 것 같았다. 눈물이 나고 손발이 떨리기 시작했다. 지금은 한겨울. 만약 그가 밖으로 나갔다면 분명 속옷 하나 걸친 채로 어딘가를 걸어다니다 넘어져 있을 수도, 위험한 장애물에 부딪혀 피를 흘리고 있을 수도, 걷다 발작이 와서 길 어딘가에 혼자 쓰러져 있을 수도 있다. 그의 맨발은 흙과 피가 엉긴 상태일 테고 나를 보며 왜 이제 왔냐고 원망의 눈빛을 보낼 수도 있다.

한 번도 이런 일이 없었다. 그의 이불 소리, 숨소리에도 나는 잠을 잘 깼는데 오늘 나는 그의 기척도 느끼지 못한 것이다. 이런 상황엔 어떻게 대처해야 하는지 들은 것도 경험한 것도 없는 나는 이성적으로 생각해야 했지만 그럴 수가 없어 무작정 그를 찾아 나서기로 했다. 집 안의 화장실을 돌아봤고 2층에 올라가 찾아보았지만 그는 없었다. 밖으로 나가 창고를 다녀왔고 베이커리에 갔지만 조용한 공기만 낮게 깔려 있었다. 도저히 안 되겠어서 집에 있는 사람들을 모두 깨워야겠다고 2층으로 올라가려는데 누군가 거실에서 나를 불렀다.

"아— 아—."

거실로 들어선 나는 그대로 힘이 풀려 소파에 앉아버렸다. 올리버는 소파에 누워 있었고 에단이 그의 몸에 담요를 덮어주며 그의 옆을 지켜주고 있었다. 맥이 풀린다는 말은 겪어보지 않고서는 아마 느낄 수 없는 말일 것이다. 맥이 풀려서 내가 울고 있는지도 몰랐다. 도무지 이 상황이 믿기지 않았기 때문이다. 내 자신이 원망스럽기도 했지만 에단과 올리버의 행동에 나는 마음이 쩡했다.

올리버의 방은 복도의 끝에, 에단의 방은 복도의 입구에 있는데 올리버의 왼발이 바닥에 끌리는 소리를 듣고 아마 에단은 따라 나왔을 것이다. 올리버가 혼자 일어나 어딘가로 향한다는 것을 느낀 에단이 그를 따라갔고 아무것도 걸치지 않은 채로 거실에 앉아 본능적으로 책을 펼친 올리버에게 담요를 가져와 덮어주며 나를 기다리고 있었던 것. 가끔 잠에서 깨면 내 방으로 먼저 오는데 오늘은 왜 거실로 갔을까. 십 년간 함께 지낸 친구들의 우정은 이런 것이었다. 평소엔 매일같이 싸우고 다퉈도 서로가 필요할 때는 그 누구보다 가까이서 서로를 지켜주는 마음. 자신이 한 행동의 의미를 에단은 알까.

에단은 내가 왔으니 자신은 다시 침대로 가겠다며 나를 한번 안아주고 자신의 방으로 돌아갔다. 그러면서 무슨 의미인지 정확히 알 수 없는 하이파이브를 허공에 던져주었다. 아직도 나는 올리버를 돌보려면 한참 멀었다.

엄마와 아들 사이

아이들과 바깥바람을 쐬러 킬케니로 나갔다. 올리버의 휠체어를 밀며 킬케니성의 잔디밭으로 향하던 중에 똑같은 가방을 메고 가는 한 남녀를 보았다. 같은 재킷을 입고 가방을 메고 있기에 연인으로 생각할 뻔했지만 잠깐 엿들은 대화에서 그들이 여행을 온 엄마와 아들이라는 것을 알아챌 수 있었다.

"엄마, 여기가 킬케니성이래요. 아일랜드 중세문화를 잘 보여주는 곳으로 유명하다네요. 이 지역의 사람들이 아일랜드에서는 제일이라는 말도 여기 가이드북에 적혀 있어요."

아들과 어머니의 유럽여행이라니. 참으로 이쁜 장면이 아닐 수 없었다. 잠깐 잔디밭에 함께 앉아 이야기하며 알게 된 사실이지만 독일에서 여행 온 이 모자는 한 달이 넘게 유럽을 여행하고 있었다.

"민수야, 여기 티브이에 나오는 아일랜드가 네가 사는 동네니? 들판밖에 없어 보이니, 왜? 아들 지내는 곳에 한번 가보고 싶다. 나중에 나 꼭 태워서 가렴. 아들이랑 유럽여행 하는 게 요새 유행이래."

내가 이곳에 있는 동안 어머니께서는 전화를 자주 거셨다. 어느 날은 아일랜드에 관한 다큐멘터리를 보셨는지 나에게 전화를 거셨다. 푸른 들판과 높은 절벽, 젖소와 양이 도로 정체의 주범이 되는 나라에 대해서 엄마는 나보다 더 잘 묘사하셨다.

어머니는 노인들을 돌보는 복지센터를 운영하고 계신다. 평생 간호사로 일하시다 십 년쯤 전에 퇴직하고 새로운 사업을 시작하셨다. 땅을 사고 건물을 지어야 해서 처음에 빚을 많이 져야 했지만 그래도 어머니께서는 꿋꿋이 이 일을 밀고 나가셨다. 직접 집으로 찾아가 일상적인 도움을 주거나 간호를 해주는 업무와 센터 내에서 거주하시는 노인분들을 돌보시는 일을 병행하는 것이 어머니께서 하시는 일이지만 나는 그 직업이 얼마나 힘든지는 상상하기 힘들었다.

어느 날, 어머니를 돕겠답시고 따라나선 적이 있었다. 내가 운전대를 잡고 우리는 구미 촌동네의 어느 골목으로 갔다. 어르신의 소변줄만 빠르게 교체하고 나오겠다며 어느 주택으로 들어가신 어머니께서 나오지 않으시길래 나는 문을 열어 안을 살짝 들여다보았다. 그날 나는 처음으로 어머니께서 무슨 일을 하시는지 눈으로 볼 수 있었다. 체구도 작고 여린 우리 엄마가 그 가는 팔목으로 어느 할아버님을 화장실에서 들어 옮겨 나르고 계셨다. 화장실에서 나오는 길은 큰 턱이 하나 있었는데 그 턱을 넘으려 정말이지 까딱하면 넘어질 것 같은 미끄러운 타일들을 밟고 어머니는 무게중심을 잡으려 애쓰고 계셨다. 갑자기 나는 보지 말아야 할 것을 본 것 같아 다시 대문을 열고 얼른 밖으로 도망쳤다. 디스크가 터져 수술을 해가면서까지 손목과 팔에 파스를 칭칭 감아가면서까지 왜 우리 엄마는 그 일을 계속해야 했을까.

어머니께서 하시는 일은 분명히 생계를 유지하기 위한 수단이지만 조금 더 다른 차원의 직업의식이 필요한 일이 아닐까 생각했다. 어느 날 내가 아일랜드에서 겪은 일들을 이야기해드리다가 어머니의 일에 대해서도 우리는 이야기할 기회가 있었다. 좀처럼 이런 주제에 대해 말씀을 않으시던 어머니께서는 조심스럽게 이야기를 시작하셨다.

"엄마는 돈을 벌기 위해 일을 시작했단다. 하지만 일을 하면서 돈보다 더 중요한 사실들을 깨닫고 있어. 세상에 힘들지 않은 일이 있겠냐만 이 일 또한 참 힘들다는 걸 너도 눈으로 봐서 알겠지. 항상 죽음을 마주하고 삶의 끝에서 매달린 사람을 본다는 것은 쉬운 일이 아닐뿐더러 그들의 삶을 끊임없이 연장시키려는 노력을 해야 하는 것은 더더욱 쉬운 일이 아니야. 하지만 그렇게 지내다보니 엄마는 정이 너무 들어버렸단다. 내가 출근을 하면 오늘은 왜 이렇게 늦게 출근했냐며 밤새 보고 싶었다고 하시는 어르신들도 계시고 주기적으로 반찬을 해주시는 어르신들도 심지어 용돈을 쥐여주시는 분들도 계셔. 그러다보니 나는 이제 이 일을 함부로 멈출 수가 없게 되어버렸어. 니가 아일랜드에서 보고 느끼고 온 것들을 다 알 수는 없지만 조금은 상상이 간단다. 참 대견해, 우리 아들."

그때 느꼈다.

아, 여기저기 사랑이구나. 전부 사랑이구나.

어머니의 몸도 조금씩 약해져서 요새는 일을 좀 줄이고 계시지만 여전히 손에서 놓지는 못하고 계신다. 이제는 좀 쉬라고 말씀드리지만 아직 그러지 못할 이유가 많기 때문일 것이다. 그래서 요새는 어머니께서 언젠가 일을 내려놓으시면 커플 옷을 입고 여행 온 그 모자처럼 좋은 곳으로 여행을 떠나는 상상을 종종 하곤 한다.

곧 가자, 엄마.

포르투행 기차에서

아버지, 어머니께.

포르투로 이동하는 길에 기차에 앉아 집으로 보낼 엽서를 쓰고 있습니다. 곧 한국으로 돌아가는 마당에 이쁜 짓 하나 해야 하지 않겠습니까. 다른 사람들에겐 그렇게나 상냥하면서 왜 부모에게는 이렇게 차갑냐고 하신 말씀이 떠오르기에 얼른 펜과 엽서를 꺼내들었습니다. 얼마 전에 보낸 허브티는 잘 도착했나요. 두 분이서 함께 내려 드시는 모습을 상상하면 기분이 좋아집니다. 저는 부디 오래오래 두 분께서 행복하셨으면 좋겠습니다.

현실에서 도피하려고 외국에 또 나가 있는 거냐며 물었던 이가 얼마 전에 있었습니다. 우연히 저에게 연락이 닿은 친구였습니다. 여전히 저의 모습은 위태로워 보이고 약해 보인다며 좀 강해질 필요가 있지 않냐고 제게 말하기에 기분이 영 그랬습니다. 무료한 행복이라도 제가 가질 수 있기를 진심으로 응원한다고도 했습니다.

혹시나 어머니, 아버지도 그런 생각을 하셨을까요? 애지중지 키운 아들이 밖으로만 나도니 그런 걱정을 하셨을까, 저 또한 되레 걱정입니다.

조금 더 이성적이고 계산적으로 살라고 하셨습니다. 기억합니다. 일주일에 한 번 꼬박꼬박 제게 배달되던 훈련병 시절의 마지막 편지, 마지막 문장이었으니까요. 그렇게 살아보려 노력하지만 맘처럼 쉽지는 않습니다. 그러기엔 세상이 너무나도 뜨겁고 낭만적인 것들로 가득차 있는 것 같습니다. 심지어 펜을 잡고 있는 지금 이 순간도 뜨거운 것이 눈에서 멈추질 않는걸요. 사실 저는 제가 자랑스럽습니다. 제가 주워 담아 쌓고 이룬 것들이 저는 너무 자랑스럽습니다. 그러니 온몸에 힘이 빠져 가라앉을 때까지 조금만 더 허우적대겠습니다. 최선을 다해 즐기겠습니다.

며칠 뒤 다른 도시에서 또 쓰겠습니다. 많이 사랑합니다. 곧 뵙겠습니다.

추신 : 왠지 저는 조금 더 좋은 사람이 될 수 있을 것만 같은 기분이 듭니다.

우리의 습도

그 나라는 참 축축했어요. 일 년에 200일 동안 비가 오는 나라니까요. 오죽할까요. 그래서인지 그때의 우리가 참 많이 젖어 있었다는 걸 기억해요. 옷가지들 하며 몸도 마음도 마를 새가 없었답니다. 나처럼 푸석한 사람도 이내 촉촉하게 만들어주는 그런 습도에 기분이 나쁘지 않았어요. 완벽했거든요. 당신은 내게 그런 존재였습니다. 습도란 무릇 공기와 물의 만남이라던데 내 주변을 떠돌던 당신과 만날 수 없는 나이기에 더이상 이곳에 완벽한 무언가가 존재하지 않아 건조합니다. 공기를 잃은 물처럼 자리잡지 못하고 이리저리 흐르는 감정에 온 피부가 갈라져 고통스럽습니다.

"손톱을 잘 잘라야지. 당신이 가진 피부병은 손톱이 독이라니까?" 하며 내 손을 무릎으로 쓱 가져가 손톱을 잘라주던 당신. 혼자 남은 나는 여전히 길어지는 손톱을 바라만 보다 드문드문 당신 생각에 이르기까지 하는데 이럴수록 나란 놈은 알다가도 모르겠습니다. 당신을 여전히 사랑한다는 말처럼 들린다면 그렇게 생각해도 좋지만 오늘밤은 그냥 조금 보고 싶을 뿐이랍니다. 오늘은 기필코 손톱을 자르고 잘 거예요. 그러고 나면 이 밤이 끝나길 빌면서 잠이 들 수 있을 것만 같습니다. 지금 내게 필요한 위로가 있다면 오늘만큼은 내가 자는 동안 비가 내려주는 것입니다. 그토록 비를 싫어하던 내가 이렇게 되기까지 참 오랜 시간이 걸렸네요.

흔히 말하는 '사랑'이라는 단어는 아마 연인 간에 사용되는 말일 테지요. 연인 사이에 쓰는 사랑이라는 단어와 다른 범주의 그것을 먼저 배워버린 나는 여전히 어리고 미숙하지만 그 단어를 생각하며 몇 줄 써보았어요. 시간이 흘러 우리가 마주치게 된다면 나는 눈을 감고 지나갈게요. 그때 또 핑계를 대겠지요. 뭐라고 해야 할까요. 빛나는 것들에 눈이 멀어버렸으니 나는 장님이라고 말해야 하나요. 지금의 우리는 완벽한 우리가 아니며 존재하지도 않지만 우리가 우리였을 때, 당신은 정말이지 빛나는 사람이었습니다.

세상에는 존재하지만 믿고 싶지 않은 것들이 존재해요. 아름다운 거짓말, 어두운 달, 차가운 불꽃, 나무가 없는 숲, 당신 없는 우리……. 이런 것들을 사랑하기 시작한 요즘에서야 당신이 처음이자 마지막으로 내쉬던 한숨의 깊이를 이해하고 있습니다. 끝이 나버린 축제의 뜨거운 여운을 가슴속에 심고 살아가겠습니다. 정말이지 가난한 내 행복 속에서도 끝까지 미소를 잃지 않았던 당신은 아름다운 사람이었어요.

내게 완벽한 습도를 선물해주던 당신께 마지막으로 드릴 말씀이 있다면 "참 고마웠어요"라는 말일 겁니다. 고마웠어요. 정말 많이 고마웠습니다.

어느 술자리에서

"정말 큰일 했네. 다른 나라에서 일 년 반이라니. 봉사활동이라는 게 고되지는 않았어?"

질문이 조금 불편하게 느껴졌고 어떻게 대답해야 할지 망설였다. 그곳에서의 삶을 봉사활동이라고 이름 붙이기엔 내가 그들에게 준 것보다 그들이 내게 준 선물이 더 많았기 때문이다. 나에게는 순도 100퍼센트의 여행이었다. 하지만 타인을 위하여 나를 조금 내려놓는 일이 봉사라면 그 또한 부정할 순 없다. 내가 보낸 대부분의 시간들은 아이들을 위해 나 자신을 배제시켜야 하던 순간들이 대부분이었으니까. 잠깐 머뭇하다 대답했다.

"그곳을 떠나고 싶다는 생각이 드는 순간이 찾아온 적도 사실 몇 번 있었어. 겁 많던 내가 어떤 생각으로 그곳에 덜컥 갔던 걸까. 아마 어떤 오기가 아니었을까 싶어. 물론 고된 일상이었지만 고되지 않은 삶이 세상 어디에 있을까. 그렇지?"

세상은 늘 정직함이 최선인데 그것이 쉽지는 않아서 그럴 때면 주변에서 도움을 줄 사람이 필요하다. 나에게 마을 사람들은 그런 존재가 되어주었고, 나의 오기들은 그렇게 용기로 변해갔다. 그곳에서 시간을 보내면서 누군가의 용기라는 것이 특별히 대담하거나 성스러운 것이라고 생각하지 않게 되었다. 조금 덜 생각하고 옳은 것에 대해 실천으로 옮기는 하나의 움직임일 뿐 사람은 사실 모두 겁쟁이 이기 때문이다.

　생각해보니 오기와 용기는 한끗 차이였다는 걸, 나는 친구에게 내 여행 이야기를 들려주는 그 짧은 사이에 깨닫게 되었다.

떠나기로 한 날

매주 일요일 밤 마을의 사람들은 모여서 회의를 한다. '포럼'이라고 부르는 이 모임은 새롭게 시작될 한 주에 대해 토의하고 서로 가지고 있는 정보를 공유하는 자리이다. 그렇지만 일주일간 바쁘게 살다가 서로 얼굴을 마주하며 대화하자는 의미도 있다. 주중에는 다함께 모일 기회가 잘 없는 우리에게 포럼은 참 소중한 시간이었다. 가운데 동그란 탁자에 차와 커피 등 간단한 다과들을 준비하고 동그랗게 둘러앉아 이야기를 나누는데, 대략 스무 명 정도 참석을 한다. 최대한 많은 사람들이 참여하길 권유하지만 각자 집을 지켜야 하는 사람, 개인적인 사정이 있는 사람들도 있다보니 마을 사람들 모두가 모일 수는 없다.

여느 회의와 다름이 없던 어느 날 늘 그렇듯 새롭게 다가오는 주에 대해 대화하고 있었다. 순차적으로 월요일, 화요일, 수요일. 그러다 목요일에 대해 이야기를 하는데 나의 이야기가 나왔다. 아, 올 것이 왔구나. 목요일은 내가 이곳을 떠나기로 한 날이다.

"목요일은 민수가 떠나는 날이네."

누군가 말을 꺼낸 후 사람들은 각자 집에 가지고 있는 시간표에 받아 적었다. 펜으로 글을 쓰는 소리. 슥슥. 내가 하던 일과들 예컨대 운전, 요리, 장작 패기 등을 누군가 대신 맡아서 해야 할 때가 된 것이다. 서로 시간을 조율하면서 나 대신 다른 이의 이름을 집어넣어야 했지만 그날은 분위기가 조금 달랐다.

"우리 남은 회의는 내일 오후에 따로 하도록 하고 오늘은 민수 이 야기를 듣자. 지난 2014년부터 여태 우리를 도와준 민수에게 고맙 기도 하고. 그도 하고 싶은 말들이 많을 거야."

이런 순간이 오면 울지 않으리라고 다짐했다. 그런 다짐을 한 게 엊그제 같은데 애꿎은 눈물만 뚝뚝 흘리며 순식간에 나는 벙어리가 되었다. 하지만 고맙게도 사람들은 내가 입을 열 때까지 기다려주었 다. 잠시 침묵이 흐르는 사이 정말로 영화처럼 많은 장면들이 머릿 속을 훑고 지나갔다. 이곳을 삼십 년이 넘는 세월 동안 지켜온 수장 들, 내가 처음 도착했을 때부터 나를 도와준 친구, 엊그제 새로 이곳 에 도착한 친구까지 동그랗게 둘러앉은 사람들의 얼굴을 한 명씩 쳐 다보며 무슨 말을 할지 생각이 많았다. 이따금 누군가 침을 꼴깍 삼 키는 소리까지 들릴 만큼 다들 숨을 죽이고 있었다. 겨우 마음이 진 정된 나는 잠긴 목소리로 말을 꺼내기 시작했다.

"이 사랑스러운 장소의 가족이 된 게 500일쯤 되었어. 한국에 일 년간 떠나 있었으니 그 기간까지 포함하면 900일도 넘었겠구나. 긴 시간이잖아, 그치? 나의 순간들은 사실 이곳이 나의 고향인 것처럼 느끼게 해주었어. 또 짧았지만 긴 시간 동안 나는 너희에게 사랑받 는 법과 받은 것을 나눠주는 법을 배웠어. 내 인생에 두 번의 전환점이 있다고 한다면 너희가 항상 궁금해하는 군대 시절과 이 장소가 아닐까. 힘들겠지만 돌아가면 후련하게 내 인생에 집중할 수 있을 것 같아. 너희가 너무 그리울 거야. 언제나 헤어짐을 전제로 우리는 만나게 되지만 이런 류의 이별은 아직도 적응이 잘 안 돼. 나는 언제나 너희가 행복하면 좋겠어."

"돌아와줘서 고마워, 우리가 한국으로 돌아가는 비행기 티켓을 끊어줄게!"

"심지어 이번엔 친구도 데려와줬잖아."

내 친구도 이곳에 와서 봉사활동을 하고 있다.

"한국요리가 너무 그리울 거야. 불귀기? 발음이 맞나, 불귀기? 라 자냐도."

"가기 전에 같이 노래 부르고 가자. 내일 밤에 기타 가지고 홀에서 만나."

"그래서 언제 다시 돌아오는 거야?"

마지막 인사

　한국으로 떠나야 하는 순간까지 짐을 다 챙기지 못했다. 짐이 많은 건 아니지만 평소 사물에 의미 부여를 많이 하는 나는 선반에 놓인 먼지까지도 가져가고 싶은 마음이어서 아이들 사진, 연주하던 악보, 크리스마스 때 만든 양초, 이제는 낡고 해져 신발장 구석에 숨어 있는 올리버의 실내화까지 모두 품은 채 돌아가고 싶었다. 재작년 내가 이곳을 떠날 때 물건들을 대부분 남겨두고 떠나야 했으니 이번만큼은 최대한 많은 것들을 챙겨 떠나고 싶었다.

　500일이라는 시간 동안 돌본 아이들과 나를 돌봐준 사람들을 떠나는 건 치아가 통째로 흔들리는 기분이었고 며칠 전부터 잦은 눈물 바람에 눈은 퉁퉁 부어 있었다. 한 번은 돌아올 수 있었지만 이곳에 다시 발을 디딜 수 있을까. 마음 같아선 누가 내게 족쇄라도 채워서 비행기를 놓치게끔 방에 가두고 문을 잠가버려줬으면 했다. 실제로 친구들이 그런 시늉을 취하기도 했지만.

　그날 저녁 마지막으로 올리버에게 목욕을 시켜줬다. 마지막으로 재우면서 잘 지내라고 건강하라고 꼭 돌아오겠다고 말해주었다. 올리버는 진한 초록색 눈만 껌뻑거리며 잠이 오는지 이제 그만 나가라 했다.

　올리버를 재우고 나왔을 때 우리 집은 그날따라 북적였다. 내게 작별인사를 하기 위해 사람들이 부엌에 모여 있었다. 오후에 여기저기 돌아다니며 바쁘게 인사를 했는데도 여전히 마주치지 못했던 사람들의 얼굴이 많았다. 이제는 정말 가야 할 시간이었다.

"잘 가. 너무 고마웠어, 어제 우리에게 해준 음식 이름이 만두지? 꼭 사 먹어볼게."

"민수, 진짜 떠나는 거야? 이번에 가면 언제 유럽에 다시 돌아와? 돌아오면 꼭 독일에 놀러와. 오면 우리 집에서 재워줄 테니."

"애들은 우리가 잘 돌볼 테니까 걱정 말고 가. 네 기타도 내가 잘 쓸게. 고마워."

돌아서 나가려는데 사람들 사이에서 누군가 기타를 치기 시작했다. 내가 즐겨 부르던 노래의 전주였다. 나와 매일 노래하던 친구가 마지막으로 노래를 부르라는 신호를 보내고 있었다. 목이 메어서 전주를 한 번 흘려보내고 두 번 흘려보내고 세번째로 접어들었을 때야 노래를 부를 수 있었다.

잠긴 목으로 노래를 끝낸 뒤에 눈을 뜨니 모두들 훌쩍이고 있었다. 평소엔 나만 울보였는데 그날은 모두 울보가 됐다. 열댓 명의 뜨거운 청춘들이 서로 원을 그리며 끌어안았다. 노래가 슬펐던 걸까, 아니면 나를 보내기 싫었던 걸까. 우리는 다시 볼 수 없을지도 모른다는 걸 느꼈을까.

쩍쩍 갈라지던 아스팔트 바닥은 푸른 들판과 사과나무가 끊임없이 펼쳐진 과수원으로, 삭막한 콘크리트 건물들은 따뜻한 난로가 있는 통나무집으로, 도로의 시끄러운 스피커에서 나오던 전자음악은 피아노와 기타로 직접 연주하는 선율로 바뀌어버렸다.

한국에 돌아간다면 가능한 한 많은 사람들에게 내가 겪었던 일들을 말해주리라 다짐했다. 카페에 앉아서 커피를 마시면서도 네모난 탁자에 앉아 소주를 한잔하면서도, 사시나무처럼 떨며 면접을 봐야 하는 날이 와도 꼭 누군가 나에게 그랬던 것처럼 내가 본 아름다움에 대해서 떠들고 다니기로 마음먹었다.

언젠가 그곳에 대해 이야기를 하다가 눈물을 흘린다면 그것은 다시 그곳에 돌아갈 수 없다는 먹먹함과 사무치게 맑던 그곳에 대한 그리움 때문일 수도 있지만 내가 과분하게 받은 사랑에 대한 감사함 때문일 것이다.

챙긴다고 챙겨왔는데 나는 여전히 그곳에 남겨두고 온 것이 많다.

후회하는 것

내가 몇 가지 후회하는 것들이 있어. 이를테면 이런 것들이야.

그날 그 언덕에서 너의 사진을 하나 남겨두지 않았다는 것. 진작 너에게 그 문장을 소리 내어 읽어주지 않은 것.

그 언덕에 비치는 해와 함께 담긴 너의 모습은 참 빛났을 텐데. 그런데 난 휠체어를 끌다 그만 지쳐서 너를 눈에만 담고 잔디 위에 뻗어버렸어. 언덕이 무지하게 높았거든. 산기슭 마을들이 한눈에 보일 만큼 말야.

소파에서 잠든 나 몰래 불타는 벽난로로 내 책을 던져버리는 널 가까스로 막은 어느 날, 그 책에서 좋은 구절을 읽었어. 너에게 그 구절을 언젠가 읽어주려고 했었지만 나는 기회를 놓쳤고 결국 그곳을 떠날 때가 되어서도 네게 읽어주지 못했지. 미안해. 조금 더 빨리 읽어줘야 했는데. 항상 이래 나는. 항상 늦고 항상 후회해.

너의 사진을 종종 친구들에게 받아. 가끔 영상통화를 하면 귀찮다고 너는 고개를 돌려버리지만 그래도 네 모습을 볼 수 있어서 좋았어. 책 읽는 모습, 산책하는 모습, 가끔 웃으며 내 이름을 불러주는 너의 모습까지. 어떻게 해서든 너의 목소리를 여전히 들을 수 있다는 말이니 행복한 일이지. 그러다 어느 날 친구가 뉴스 기사 하나를 보내주었어. 우리 마을을 더이상 운영할 수 없다는 내용이었지.

기분 나쁜 소문은 이미 오래전부터 돌고 있었지만 이렇게나 빨리

다가올 줄은 생각도 못했어. 크리스마스 때 우리가 이용하는 촛불, 오래전에 지은 강당이나 집의 구조는 화재에 취약해서 너희들에게 위험하대. 젖소에게서 직접 짜낸 우유는 위생상 좋지 않고, 너희에게 언제든지 발생할 가능성이 있는 의료적인 문제에 대처해야 하는 우리는 전문인이 아니기에 또 부적합하다고 했어. 사람들은 아무것도 할 수가 없었어. 몇 년 전부터 우리는 정부단체에서 조언을 받아오면서 집을 리모델링했고 우유도 사다 마셨지. 소화기는 집 안 구석구석에 두었고 의약품에 대한 교육을 분기에 한 번씩 받았어. 너희에 관한 정보를 모두 담아 서류로 만들고 매번 검열을 받았지만 이런 노력들은 그들의 성에 차지 않았나봐.

우리는 어떻게 해야 할까?

너의 어머니와 메시지를 주고받았고, 네가 조금 아프다는 사실을 듣고도 나는 담담하게 책을 읽어. 지구 반대편에서 오늘도 짧은 인사를 전할게.

상상

올리버, 나는 언젠가 너와 함께 살 수도 있을 거라 생각해보았어. 전지전능한 누군가가 우리를 같은 공간에 데려다주지 않을까. 구름은 폭신해서 너의 무릎이 다칠 걱정을 하지 않아도 될 테고 우리에겐 날개도 있을 거야. 그러니까 그땐 우리 함께 날아다닐 수도 있단다. 더이상 산책을 가자고 말하며 누군가에게 미안하다는 눈빛을 보내지 않아도 될 테고 고통스러운 발작도 그때는 찾아오지 않을 테지. 더 좋은 건 뭔지 알아? 그땐 쌀음료수도 살찔 걱정 없이 맘껏 마실 수 있어. 우유를 적신 빵도 맘껏 먹고 부드러운 라자냐도 배가 터지도록 먹는 거야. 어때. 상상만 해도 기쁘지 않니? 또 우리 푸른 잔디밭이 사라지거나 더이상 볼 수 없다거나 그런 것도 아냐. 우리가 가끔 내려와서 둘러보고 가도 문제없을 거거든. 힘들게 수화로 이야기하지 않아도 우리는 텔레파시라는 걸 쓸 수 있어서 굳이 힘들게 손을 들거나 하지 않아도 괜찮아. 그렇게 우리가 대화를 나눌 수 있게 된다면 좋겠어. 그럼 너도 할말이 참 많겠지?

"야, 민수, 그때 너 처음 도착해서 내 기저귀 갈아줄 때 진짜 불편했어. 뭐 시간이 지나면서 좀 실력이 늘어가길래 다행이라고 생각했지만 처음엔 짜증나 죽을 뻔했잖아. 말도 못하겠고, 참. 가끔 소파에 앉아서 퍼즐을 맞출 때마다 내가 다 할 수 있는데 니가 하나씩 아는 척하며 꽂아넣는 것도, 핫초콜릿 만들 때 분말도 세 스푼 넣어야 하는데 왜 두 스푼만 넣은 거야? 단맛을 더해야 된다고. 그리고 그거 알아? 침대 머리맡이 너무 높아서 불편한 날들도 있었어. 침대의 머리 쪽 높이를 내리려고 애썼는데 리모컨에 손이 안 닿아서 머리만 붕 뜬 채로 자야 했던 날들도 있었다는 거 아니? 신발도 좀 안에 돌 같은 거 있나 없나 확인 좀 해서 신겨주란 말야. 너는 참 웃긴 아이였어. 처음 니가 도착했을 때 아침에 빵이 아니라 웬 쌀밥을 해놓은 날도, 바닥 청소를 하는데 걸레로 엉금엉금 기어가며 청소를 하던 날도, 나를 앉혀놓고 유리창을 닦아야 하는데 신문지가 아니라 걸레로 닦는 바람에 물 얼룩이 져 모두 다시 닦아야 했던 날도. 어느 날은 내 머리에 무슨 문제가 있었는지 수도 없이 발작이 와서 밤새 내 옆을 지켜줬었지. 내가 침대에서 자기 싫다며 땡깡을 부려서 나를 소파에 재우고는 너는 피아노 의자에 앉아 잠이 들었고. 니가 해준 김밥(김밥 맞아? 스시 아니라며 벅벅 우겼잖아), 우리 찍던 셀카들, 크리스마스 때 내 코에 달아준 루돌프 사슴 코. 내게는 정말 고맙고 감사한 기억들이었어. 길에서 쓰러진 나를 보고 엉엉 울던 너, 폐렴에 걸려서 앰뷸런스에 실려 병원으로 옮겨지던 날 너의 눈빛을 아직 기억해. 나를 업고는 차까지 달려가서 헥헥대던 너. 고마워."

나는 아마 이런 말들을 듣고 싶었나봐. 나도 고마워.

어디에서도 빛날 테니까

70리터짜리 빨간 여행가방을 며칠째 만지작만지작. 손끝이 계속 어딘가로 향하려 해서 나는 괜히 고개만 돌려버렸다. 아직은 아니야. 조금만 더 버텨보자는 마음으로. 내 청춘은 백만 캐럿짜리 다이아몬드니까. 어디에도 없을 테지만 어디에서나 빛날 테니까. 아침부터 나에게 다독였다.

'잘하고 있다. 잘하고 있다.'

짧다면 짧고 길다면 긴 나의 500일을 끝내고 한국으로 돌아오던 길. 비행기에서 잠깐 꿈을 꾸었는데 꿈에서 본 내 눈빛이 참 서러워서 벌떡 잠에서 깼다. 집으로 돌아가야 한다는 아쉬움이었는지 아니면 사랑하는 장소를 떠나는 슬픔이었는지 모르겠지만 눈동자에는 참 많은 감정들이 담겨 있었다. 아마 물고기가 사라진 세상이 온다면 어부는 그런 표정을 지을까. 내가 사라진 세상에서 우리 부모님은 그런 표정을 지을까. 그 눈동자가 실은 나를 그리워하는 누군가의 눈동자는 아니었을까. 나는 무엇을 잃었기에 그토록 슬픈 표정이었을까. 내가 두고 온 것이 무엇인지 기억해내려 애쓰면 애쓸수록 여기 어딘가 먹먹해져서 마음이 아팠다.

단둘이 첫 여행

어쩌면 올리버와 마지막 여행이 될지도 모를 휴가를 받았습니다. 많은 노력이 있었습니다. 여기저기 허락을 받아야 했고, 비상약이며 휠체어같이 올리버가 필요한 모든 물품을 준비하는 과정을 '검사'까지 받아야 했거든요. 혼자서는 절대 보낼 수 없다 하여 다른 사람들까지 동행한다고 했어요. 그리고 나서 우린 처음이자 마지막으로 어딘가로 떠날 수 있었습니다. 집이 아닌 다른 곳에서 함께 밤을 지새우는 것은 처음이었지요. 조금은 두려웠지만 기쁨이 앞섰을까요. 사실 저는 매우 들떠 있었답니다.

바다 끝 등대가 있는 곳. 힘들었지요. 꼬불꼬불한 길들을 두 시간이나 넘게 지나 도착한 그곳에서 올리버는 강한 바람 소리에 주저앉아버렸습니다. 정신이 돌아온 올리버를 부축하며 주변에 도움을 요청해 잠깐 함께 있어달라 했습니다. 그러곤 멀찍이 있는 주차장으로 있는 힘껏 달려 차를 가지고 들어왔지요. 차가 들어와서는 안 되는 곳이라 경비원이 막았지만 고래고래 소리를 지르며 당장 문을 열라고 소리쳤습니다. 내 친구가 많이 아프다고 목이 터져라 소리질렀습니다. 당황한 경비원의 표정 같은 건 생각도 하지 않고 좁은 벽 사이를 차로 헤집고 들어갔어요. 그러곤 차에 올리버를 조심스레 태웠습니다. 세찬 바람은 더이상 들어오지 않았습니다.

올리버와 함께 보는 바다는 참 좋았지만 사실 내내 조마조마했습니다. 떠나오기 전 근 일주일씩이나 발작이 찾아오지 않았기에 걱정을 많이 했었지만 이곳에서 올리버를 괴롭히게 될 줄이야……. 그날은 바람이 정말 세차게 불었기에 균형을 잡기 힘들어했고, 그런 와중에도 올리버는 행복해했지만 결국은 일이 그렇게 되어버렸어요. 말없는 바위, 그런 바위를 때리는 파도 소리조차 원망스러울 만큼 저는 그 상황이 참 미웠습니다. 올리버를 차로 태우고 우리가 예약해둔 작은 오두막집으로 운전해가는 동안 나는 올리버의 손을 놓을 수가 없었습니다. 부랴부랴 도착한 우리의 숙소, 아무 일 없었다는 듯 벌떡 차에서 일어나는 올리버를 보며 나는 조금 마음을 놓았습니다. 마지막 여행이라는 생각에 무리해서 제가 그를 이끌었나봅니다. 올리버가 견딜 수 없는 바람과 파도를 계속해서 보여주고 싶었나봅니다. 심상치 않은 바람을 나는 눈치채지 못했나봅니다.

우리가 묵은 농가는 참으로 소박했습니다. 타이어로 만든 그네가 오래된 나무에 매달려 있었고 그 나라 전통적인 돌담이 벽을 이루고 있었습니다. 조용한 집에서 우리는 파스타를 만들어 저녁을 먹었고 올리버는 피곤했는지 알약을 몇 개 먹은 후 조금 일찍 잠이 들었던 것으로 기억합니다. 행여나 올리버가 침대에서 떨어질까 집에 있는 베개란 베개는 모두 모아 양쪽에 쌓아둔 후에야 저는 방을 떠날 수 있었습니다.

올리버를 재우고는 오래도록 잠들지 못했습니다. 거실에 있는 벽난로 앞에 앉아 혼자 무슨 생각을 했는지 사실 기억이 나지도 않습니다만, 나는 그때 쿵쾅대던 가슴을 여전히 쓸어내리며 삽니다.

처음의 시간

처음 올리버와 함께 보낸 오후였다. 나는 아무것도 모르는 소년. 이마에 손바닥을 대는 것이 핫초콜릿을 의미하는 것도, 그가 언제 화장실을 가고 싶어하는지도, 그는 언제나 좋아하는 사람의 이름을 수화로 만든다는 것도.

"안녕, 올리버. 나는 민수라고 해."

(관심 없이 책을 읽는다.)

"나는 한국에서 왔고 이제부터 너와 함께 생활할 거야."

(여전히 관심 없이 책을 읽는다.)

"너는 무엇을 좋아하니?"

(이마에 손바닥을 댄다. 핫초콜릿이라는 뜻이지만 나는 그 의미를 몰랐다.)

"아파?"

(흥 그것도 몰라, 하는 표정을 지으며 다시 책을 읽는다.)

어떻게 해야 하는 걸까?

다시 기억하기

속초와 제주도에 들렀다. 기억을 맺음하기에 가장 바람직한 장소는 기억이 시작된 곳이라는 생각이 들었기 때문이다. 속초와 제주는 나에게 그런 곳이었다. 코흘리개 아이가 큰 바다를 넘기 전 혼자 떠났었던 미숙한 여행의 목적지들. 등딱지만한 가방을 메고 코로 선글라스를 쓱 밀어 올려보던 땀범벅의 아이가 기웃거리던 곳. 미풍이 불어와 나를 밀어내기 시작하던 곳.

제주

처음 아일랜드로 떠나기 이 주 전 나는 제주도에 갔다. 그때 내겐 모든 것이 처음이었다. 처음으로 비행기를 탔고 처음으로 선글라스를 껴봤고 처음으로 자발적 외로움을 느껴보았다. 게스트하우스에 묵어본 것도, 구름 덮인 높은 산을 등반해본 것도, 처음 마주한 이와 함께 술을 나눠 마시는 것까지 나에게는 낯선 일들투성이였지만 두렵거나 무서운 것 따위는 없었다. 내가 앞으로 하게 될 일들에 대해서 연습하는 거다, 생각하면 어깨는 으쓱으쓱하고 있었기 때문이다. 막상 외국에 나갈 준비를 하다보니 이상한 용기가 치솟았다. 그래서 넓은 바다를 건너보기 전에 작은 바다라도 건너보자라고 생각해서 제주도행 티켓을 끊어버렸던 것이다.

언젠가 나는 내가 감정의 파동이 큰 사람이라는 것을 깨달았다.

가능한 한 물결을 받아들이자 생각하며 살았지만 아일랜드에서 가져온 기억이나 감정 같은 것들은 혼자 감당해낼 자신이 없었다. 일상에 많은 영향을 주기도 했고 심지어 생각하다보면 헤어나올 수 없는 날들이 한둘이 아니었기 때문이다. 많은 사람을 만나거나 여행을 하진 못했지만 그때의 내 모습과 지금의 내 모습들을 비교해보면서 나는 사라지고 있는 기억들을 불러내고 있다.

속초

"아저씨, 물고기 한 마리 올라오는 것만 보고 갈게요."

나는 무엇이든 걸려 올라오길 바라며 괜히 아저씨의 낚싯대 끝만 바라보고 있었다. 하지만 아저씨는 숭어가 없어, 숭어가 없어, 라는 말만 반복하시며 구름 낀 하늘을 향해 혀만 쯧 차셨다. 해가 없으면 숭어는 숨어버린단다.

어디서 왔어, 나이는 몇 살이고, 군대는 다녀왔어? 아저씨는 질문을 마구 던지시더니 이내 침묵. 물고기 잡는 모습을 찍겠다며 카메라의 동영상 기능을 켜놓았던 나는 어느 순간부터인지 낚싯대 끝을 더이상 바라보지 않게 되었다. 방파제 위에 쭈그려 앉아 바다를 바라보시던 아저씨의 뒷모습을 보았을 때 오늘 그가 건질 것은 사실 숭어나 고등어 같은 것들이 아니라는 것을 깨달았기 때문이다. 아무것도 낚이지 않을 것을 알면서도 계속해서 바다를 향해 낚싯대를 던지던 아저씨는 어떤 생각을 하고 계셨던 걸까. 그의 재킷 너머에 등과 팔의 근육이 꿈틀대는 상상을 했다. 매일같이 낚싯바늘을 밀고 당기며 파도와 전쟁을 치르다 굳어버린 영광의 튼튼 근육들.

살아가면서 손에 쥐어지지 않을 것을 알면서도 시도하는 것들이 많다. 울상을 지을 테지만 그런 경험들은 나름의 연습이 아닐까. 이런 연습들을 해를 기다리는 동안 반복해보자. 직접 구름을 걷어낼 수는 없으니 그 시간 동안 무엇이라도 한다면 마음이 조금은 덜 조급해질 테니까. 어두운 와중에도 언젠가 내게 주어질 희열을 상상하며 희망을 품고 살아가자. 구름이 걷히고 해가 쨍 떴을 때 기회를 빠르게 낚아채기 위해서 나는 틈틈이 허공에 바늘을 던져봐야겠다.

마지막에 아저씨가 한마디 거드셨다.

"숭어는 못 잡아도 운동 되는 거야. 이거."

거봐, 의미 없는 행동은 세상에 없다니까.

버스를 타고 집으로 돌아오는 길, 하늘에는 빛나는 숭어 한 마리가 졸졸 따라오고 있었다.

곁을 지켜주어 고마워요

당신은 좋은 것만 보길 바라요. 좋은 것만 듣고, 말하고, 느끼면 좋겠습니다. 가득가득 채워오던 것이 어느 순간 흔적도 없이 사라졌을 때 오는 공허함을 당신은 느끼지 않았으면 좋겠습니다.

다시 한번 그곳에 푸른 싹들이 올라올 때 뜨겁게 그리워하겠습니다. 정원에 가득한 나무에서 열매들이 뚝뚝 떨어져 잔디를 가득 메우는 날이 오면 그때 또 그리워하겠습니다. 우리 처음 손잡고 걸었던 정원의 모래알들이 닳고 닳아 먼지로 흩어질 때까지 저를 생각해주세요.

기약 없는 약속을 던져놓고 떠나 미안합니다. 하지만 당신이 아플 때마다 함께 꼭 쥐었던 그 주먹처럼 나 또한 단단해지겠습니다. 누군가의 말처럼, 돌아보면 우리의 모든 속도가 슬픕니다. 내 이십대를 가득히 채워주서서, 내 거친 손바닥을 부드럽게 잡아주서서 감사합니다. 당신의 눈빛 덕분에 영원한 아름다움은 늘 먼 곳에서 반짝인다는 사실을 이제야 알게 되었습니다.

아름다운 당신이 나에겐 세상의 전부였습니다.

나의 풍경이었습니다.

너는 어떻게 나에게 왔니

초판 1쇄 인쇄 2017년 11월 13일
초판 1쇄 발행 2017년 11월 20일

지은이　　　 김민수

편집장　　　 김지향
편집　　　　 이희숙 박선주 김지향
모니터링　　 이희연
디자인　　　 강혜림
제작　　　　 강신은 김동욱 임현식
마케팅　　　 방미연 강혜연
홍보　　　　 김희숙 김상만 이천희
경영관리　　 안대용

펴낸이　　　 이병률
펴낸곳　　　 달 출판사
출판등록　　 2009년 5월 26일 제406-2009-000034호

주소　　　　 10881 경기도 파주시 회동길 210
전자우편　　 dal@munhak.com
페이스북·트위터·인스타그램 dalpublishers

전화번호　　 031-955-1921(편집) 031-955-8889(마케팅)
팩스　　　　 031-955-8855

ISBN　　　　 979-11-5816-065-4 03810

• 이 도서의 국립중앙도서관 출판예정도서목록(CIP)은 서지정보유통지원시스템 홈페이지
(http://seoji.nl.go.kr)와 국가자료공동목록시스템(http://www.nl.go.kr/kolisnet)에서
이용하실 수 있습니다. (CIP제어번호: CIP2017025271)